Johannes Robert McCormack wurde 1967 als Sohn einer deutschen Mutter und eines irisch-amerikanischen Vaters in Hamburg geboren. Er schreibt seit seinem fünfzehnten Lebensjahr. Zunächst waren es „nur" Gedichte, später kamen auch noch Kurzgeschichten und Romane hinzu. Der Autor liebt Reisen und lebt nach langjährigen Auslandsaufenthalten zur Zeit in Unterfranken.

Dieses Buch widme ich meinen Eltern, Edward und
Ingeborg,
meinen Schwestern Lilly und besonders meiner
Schwester Christina, ohne deren pausenlose Hilfe
dieses Buch nicht zustande gekommen wäre.
Und ganz besonders meinen Freunden David
Hector und Martin B.

Herstellung und Verlag:
Books on Demand GmbH, Norderstedt
ISBN: 978-3-8334-9636-3

Der Zahnarzt

Der Morgen zog sich wieder einmal in die Länge.
Zahnarzt Dr. Krebs schaute auf die Uhr.
„Erst fünf Minuten vor halb elf", dachte er müde bei
sich. Fünf Patienten hatte er an diesem Morgen schon
behandelt. Aus den Fenstern heraus konnte man
sehen, daß es ein sonniger Tag war. Er lief nach vorne
an die Rezeption. Lilly, seine Sprechstundenhilfe,
lächelte ihm zu.

„Lilly, wieviele sind noch im Wartezimmer?"

„Drei, Herr Doktor", erwiderte sie.

Er lehnte sich vor, um einen Blick auf die Patientenliste zu werfen, und spürte seine Bandscheiben wieder. Erst letztes Jahr war er an ihnen operiert worden, und der Schmerz, den er oft hatte, war eigentlich unvermindert stark.

Wie schon so oft überlegte er, ob er nicht besser Allgemeinarzt geworden wäre. Er wollte Lilly gerade sein Leid klagen, da las er in der Patientenliste den Namen Meier-Schmitt. War das nicht der Meier-Schmitt, den seine Tochter seit diesem Schuljahr als Mathelehrer hatte und der sie immer so ungerecht behandelte?

„Lilly, ist dieser Meier-Schmitt ein dicker Mann?" flüsterte Dr. Krebs, da das Wartezimmer gleich nebenan lag.

„Ja, er hat ziemliches Übergewicht. Wieso? Kennen Sie ihn etwa? Er ist heute das erste mal da."

„Irgendwie vom Namen her", sagte Krebs.

„Er ist der nächste! Ich rufe ihn selber rein, Lilly! Das lasse ich mir nicht nehmen."

Er öffnete die Tür zum Wartezimmer. Als erstes sah er Frau Husen, die sofort „Guten Morgen, Herr Doktor Krebs" rief.

Er konnte sie schon lange nicht mehr ertragen, und es kam ihm so vor als käme sie inzwischen schon täglich in die Praxis.

Dann fiel sein Blick auf ihn. Da saß er nun, in eine Zeitschrift vertieft. Der Tyrann, vor dem seine Tochter sich so sehr fürchtete. Lange schon wollte er in die Schule gehen und sich diesen Mann vorknöpfen. Das würde er nun hier und heute tun.

„Ich nehme an, Sie sind Herr Meier-Schmitt."

„Ja, das bin ich", erwiderte dieser und sprang auf.

„Fast wie in der Schule", hätte Dr. Krebs beinahe gesagt.

„Sie sind der nächste. Wenn Sie mir bitte folgen wollen?"

„Der ist dick. Der ist sogar fett", dachte sich Dr. Krebs. An der Tür zum Behandlungszimmer blieb der Arzt stehen, drehte sich um und gab dem "Fetten" die Hand.

„Nehmen Sie bitte Platz". Es fiel ihm schwer, "bitte" zu sagen.

„Meine Behandlung wird der so schnell nicht vergessen. Der wird sich wundern."

Christine, die Zahnarzthelferin, wartete schon. Müller-Schmitt nahm mit seinem wuchtigen Körper Platz. Ohne lange zu reden, begann Krebs sich die Zähne anzuschauen und Christine zu diktieren, welche fehlten oder beschädigt waren. Doch so sehr er auch schaute, er konnte nicht einen fehlerhaften Zahn entdecken. Müller-Schmitt hatte noch alle Weisheitszähne und nicht einmal Zahnstein war zu sehen.

„So ein Gebiss sieht man heute nur noch selten", dachte er bei sich. Sagen tat er das jedoch nicht. Er mußte wieder an seine liebe Tochter denken, und jetzt wurde er richtig wütend bei dem Gedanken, diesen schlechten Menschen so ungeschoren davonkommen zu lassen.

„Du wirst dich schon vorsehen. Jetzt sollst du auch mal leiden", dachte er böse und erkannte sich selbst nicht wieder.

Er nahm den Spiegel aus dem Mund und machte ein sehr ernstes Gesicht.

„Nun, Herr Doktor Krebs?" fragte Müller-Schmitt zögernd, als er den Blick des Arztes sah.

„Es sieht überhaupt nicht gut aus", log Krebs frech.

„Viel Karies", fuhr er fort.

„Sie müssen Ihre Zähne viel besser putzen, wenn Sie sie behalten wollen", sagte er vorwurfsvoll.

„Das ist doch nicht möglich! Ich putze meine Zähne immer regelmäßig. Sogar in der Schule."

„So, Sie sind Lehrer?" heuchelte der Arzt.

„Als hätte ich es nicht geahnt. Lassen Sie mich doch einmal zählen. Wenn Sie bitte nochmal den Mund weit aufmachen würden. Ja, ich zähle nicht weniger als sieben Löcher. Wann waren Sie denn das letzte mal beim Zahnarzt?"

„Ja, das ist schon länger her", meinte Müller-Schmitt entsetzt."

„Wann wollen wir anfangen? Je früher desto besser, habe ich Recht?" sagte der Arzt gekonnt.

„Ja, meinetwegen jetzt."

Nun lächelte Krebs böse. Er drehte sich zu Christine und sagte: „Sie können jetzt in die Pause gehen. Ich behandle den Herrn alleine."

Christine wunderte sich. Noch nie war sie bisher fortgeschickt worden, so lange noch ein Patient da war. Sie konnte nicht wissen, daß ihr Chef keine Zeugen wollte. Sie kannte sich schon so gut aus, daß sie mit Sicherheit beim Absaugen des Speichels bemerkt hätte, daß die Zähne des Mannes einwandfrei waren.

Kurze Zeit später waren die beiden Männer alleine.

„Soll ich Ihnen ein paar Spritzen geben?" fragte Dr. Krebs und hörte sich dabei geradezu milde an.

„Ja, was ist denn besser?" fragte Müller-Schmitt.

„Ja, das kommt völlig auf Sie an. Die einen sagen mit Spritzen täte es nicht so weh, die anderen meinen, sie würden den Schmerz der Spritze vorziehen. Das ist ganz Ihre Entscheidung!" Er fühlte sich ganz in seinem Element, jetzt da.er drauf und dran war, seine Tochter gebührend zu rächen.

„Gut", sagte der Lehrer zögernd. „Dann versuchen wir es eben ohne Spritze."

„Wie Sie wünschen", meinte der Zahnarzt.

Als der Bohrer kurze Zeit später den Nerv traf, stöhnte Müller-Schmitt kurz auf, was den Arzt nicht daran hinderte noch einige Zeit weiterzubohren. Nachdem er fertig war, dem völlig gesunden Zahn ein Loch zu bohren, fragte er seinen Patienten:

„Und, wie war das? Das war doch bestimmt zu ertragen?"

„Nein, es war ganz schrecklich. Dieser Schmerz", Müller-Schmitt wand sich in seinem Stuhl.

„Dann bekommen Sie ab jetzt eben doch ein paar Spritzen."

Er machte die Füllung zurecht und bereitete die Spritze vor.

„Herr Doktor", wollte Müller-Schmitt wissen, „Wie kann es möglich sein, daß ich so viele Löcher habe, wenn ich meine Zähne doch immer so gut pflege?"

„Nun ja, vielleicht sind sie einfach von Natur aus anfälliger", heuchelte der Arzt.

„Wollen wir jetzt weitermachen?"

„Ja, bitte", kam die ängstliche Antwort.

Beim Einstich der Spritze schrie Müller-Schmitt förmlich auf.

„Sie können jetzt mal spülen", sagte Dr. Krebs großzügig. Ein Angebot, von dem Müller-Schmitt auch sofort Gebrauch machte. Eine Stunde später, gerade war die vierte Füllung fertiggeworden, schaute Müller-Schmitt plötzlich auf die Uhr.

„Herr Doktor, den Rest müssen wir ein anderes mal machen. Ich muß unbedingt zurück in die Schule. Ich habe noch Chorprobe."

„Was? Wieso denn Chorprobe?" fragte der Zahnarzt lachend.

„Sie sind doch Mathelehrer."

„Nein, nein", klärte ihn Müller-Schmitt auf. „Ich bin Musiklehrer. Mein Bruder ist Mathelehrer."

Dr. Krebs mußte sich setzen und wurde kreidebleich.

„Ach so", stammelte er plötzlich.

„Wann soll ich denn nun wiederkommen?" fragte der Musiklehrer, der schon aufgestanden war.
„Das hat Zeit", sagte der Arzt.
Sie gaben sich die Hand und der Patient war verschwunden.
Als Christine den Raum betrat, fragte sie ihren Chef ob es ihm gutginge, so schlecht sah er auf einmal aus.

Und raus bist du ...

Es war kurz nach sieben an einem herbstlichen Sonntagmorgen. Der kleine Flugplatz Schönfeld lag in fast perfekter Stille. Heute hatte noch keines der Flugzeuge abgehoben. Ein paar Möwen kreisten über dem Rollfeld und dem naheliegenden Wald. Was machten sie hier? Lag doch das Meer hundert Kilometer weiter nach Osten. Einige Leute waren vor dem kleinen Hangar mit dem Einrollen von Fallschirmen beschäftigt. Obwohl es eine sehr ernste Tätigkeit war, waren sie geübt, und man unterhielt sich angeregt.

Jetzt kam ein Auto durch das geöffnete Seitentor gefahren. Es fuhr um die Flugzeuge herum und hupte. Manche der meist jungen Leute winkten kurz. Der Mann, der jetzt ausstieg, war Eberhard Mohrenkamp, oder Eber, wie die meisten ihren ehemaligen Ausbilder freundschaftlich nannten.

Doch die Ausbildung lag bei ihnen jetzt auch schon mehrere Jahre zurück. Inzwischen hatten sie alle schon hunderte von Sprüngen hinter sich. Er war ihnen zwar mit seiner Erfahrung um Welten überlegen, aber schon lange sprang er nicht mehr mit ihnen. Letztes Jahr war er mit seiner Frau fortgezogen, doch heute wollten sie alle mal wieder zusammen springen. So wie früher. Heute sollte er ihren neu eingeübten Sprung filmen. Wer konnte das besser als er?

Mit ihm zusammen waren sie zehn Springer. Kurt war der jüngste mit seinen einundzwanzig Jahren. Aber vielleicht auch der Waghalsigste. Wäre es nach ihm gegangen, wäre er auch gerne aus zehntausend Metern gesprungen. Mit Sauerstoffgerät. Es ging ja, wußte er. Wurde es doch schon so gemacht.

Es waren nur zwei Frauen unter ihnen. Birgit und Betina. Beide nicht schön, aber ihr Mut allein konnte sie schon interessant genug machen. Birgit hatte etwas Übergewicht. Wohl an den richtigen Stellen, wie manche sagen würden. Sie war siebenundzwanzig und arbeitete nebenbei als Bedienung, um die Sprünge finanzieren zu können.

Betina war dreißig und bestimmt einen Meter achtzig groß. Ihr Vater war ein Industrieller, der ihr auch ein eigenes Flugzeug mit Pilot hätte kaufen können, wenn er es gewollt hätte. Aber sie hatte nie Geld. Wenn sie nach dem Springen alle noch oft Essen gingen, mußte sie sich schon so manches mal Geld auslegen lassen.

Sie kannten sich alle schon lange, auch vieles andere wurde zusammen unternommen. Doch obwohl Birgit und Betina beide Singles waren, konnten sie unter diesen acht Männern keinen wirklichen Partner finden. Vielleicht manchmal einen One-Night-Stand.

Eberhard Mohrenkamp stieg aus und begrüßte alle. Jeder duzte den anderen. Er lief nach hinten zu seinem Kofferraum und nahm dann seinen Fallschirm heraus. „Es tut mir leid. Ich bin etwas spät dran. Der Weckdienst im Hotel hat irgendwie nicht funktioniert." Sie lachten. Alle wußten, daß er niemals den Weckdienst bestellt hatte. Er war nicht der Typ dazu. „Macht gar nichts, Eber. Wir warten alle noch auf Dieter. Er hat wohl auch in dem selben Hotel übernachtet wie du", sagte Birgit schmunzelnd. Alles lachte.
„Ach, kommt er immer noch zu spät?" fragte Eber. Langsam zog sich der Himmel über ihnen zusammen. „Wenn er nicht bald kommt, wird uns das Wetter einen Strich durch die Rechnung machen", sagte Peter, der älteste von ihnen.
Sie schauten in den Himmel. Von weitem kamen dunkle Wolken herangezogen. Sie waren Springen zu allen Bedingungen gewohnt, aber was nicht sein mußte, wurde vermieden.

Peter beobachtete Mohrenkamp, wie er seinen fertigen Rucksack neben sein Auto stellte.
„Ich komme gleich wieder", sagte Mohrenkamp jetzt und lief auf das Flughafengebäude zu. Einige der Leute folgten ihm. Mittlerweile regnete es schon leicht.
Die anderen schauten abermals nach oben. Würde ihnen jetzt doch noch ein Strich durch die Rechnung gemacht werden?
„Ulrich, wenn du deinen Flugschein schon hättest, könntest du uns hochbringen", sagte Betina.

„Ich kann es auch jetzt schon tun. Ich kann es jedenfalls versuchen".

Alle lachten.

„Wieviel Stunden fehlen dir denn noch?" fragte Betina.

„Vielleicht tausend", lachte er laut auf. „Nein, im Ernst, ungefähr zehn."

Er fügte hinzu: „Wenn ich dabei erwischt werde, bekomme ich ihn bestimmt nie!"

Jetzt wurde der Regen stärker. Alle bis auf Peter rannten jetzt den anderen hinterher.

Sie saßen alle auf dem Boden der kleinen Zentrale. „Wo ist denn Peter?" fragte Roman. Der betrat in diesem Moment gerade den Raum. „Jetzt regnet es wirklich", sagte er böse.

„Dann brauchst du dich wenigstens nicht mehr zu waschen Peter, wenn du gesprungen bist", meinte Roman, der in der Gruppe der Komiker war. Wieder lachten alle. Es wurde oft gelacht.

„Super", tobte Sven. „Dieses blöde Radio geht immer noch nicht richtig. Was sollen wir jetzt machen, Leute?" Er schaute in die Runde, bekam aber keine Antwort.

Ein Jeep kam nun hupend vor das Gebäude gefahren. Sich pausenlos entschuldigend betrat ein Mann den Raum.

„Du brauchst dich nicht immer zu entschuldigen. Du bekommst heut einfach keinen Sprungplatz", sagte Roman scherzend. „So oft wie du kommt einfach keiner zu spät."

Der Gescholtene setzte sich neben das Kopiergerät, das am Ende des Raumes stand. „Komm, willst du mit uns Karten spielen, Dieter?" fragte Kurt. „Dann kann ich endlich etwas von dem Geld zurückbekommen, daß ich dir immer für dein Fliegen bezahlen muß."

Dieter warf ihm einen bösen Blick herüber. Einige der Gruppe begannen jetzt tatsächlich, auf dem Boden des Raumes Karten zu spielen, während Sven immer noch am Radio zugange war, von dem bis jetzt nur ein einziges pausenloses Rauschen zu hören war. Der Regen prasselte laut auf das Vordach.

„Kennt jemand die genaue Wettervorhersage?" wollte Kurt wissen.

„Regen, nichts als Regen", sagte Birgit.

„Wie lange wollen wir warten?" fragte Markus Peter jetzt. Dieser überlegte,

„Bis der Regen aufhört."

„Sehr witzig", meinte Markus.

„Also wohl eine Ewigkeit. Das meinst du doch."

„Willst du etwa jetzt springen?" fragte Peter.

In diesem Moment hörte man Donner.

„Auch das noch", sagte Dieter. Sie schauten jetzt alle aus dem Fenster nach oben in den Himmel. Der war auf seiner ganzen Breite dunkel überzogen.

„Ich rufe den Wetterdienst an", meinte Dieter und verließ den Raum.

„Viel Glück", rief Eberhard ihm hinterher.

„Viel Glück", wiederholte er nochmal fast unhörbar leise.

Peter stand auf und ging zur Eingangstür.

„Wo willst du denn hin? Ertrinken?" fragte Betina.

„Meine Zigaretten holen."

„Nimm doch eine von mir", bot sie an.

„Betina, du weißt doch, daß ich nur meine Marke rauche."

„Du und deine Senior Service", lachte sie.

Er erwiderte nichts, setzte seine Kapuze auf und ging hinaus. Keiner bemerkte, daß er fast zehn Minuten wegblieb.

Endlich kam Dieter zurück. Sie schauten ihn alle erwartungsvoll an. Er grinste über das ganze Gesicht.

„Es soll um zehn aufklären. Jedenfalls glauben sie es." Alle schauten auf ihre Uhren.

„Also, in einer Stunde", meinte Sven. Es wurde wieder Karten gespielt. Inzwischen hatte Sven das Radio in Gang gebracht. Peter war zurückgekommen.

„Hast du irgendwas außer diesem klassischen Gedudel zu bieten, Sven?"
fragte Birgit jetzt..
„Dann mach's doch selber", meinte er und setzte sich neben dem Radio auf den Boden.

Der Regen war jetzt fast ganz verschwunden. Das Prasseln auf dem Vordach war nicht mehr zu hören.
Die Zeit verging und auf einmal rief Sven:
„Beim nächsten Ton ist es zehn Uhr."
„Der Himmel hat sich tatsächlich aufgeklärt", sagte Dieter.
„Wollen wir's anpacken!" Die Karten verschwanden.
Sven schaltete das Radio aus und die Leute der Gruppe standen auf.
„Wo steht denn deine Bruchmaschine heute, Dieter?" fragte Ulrich.
„Gleich vor deiner Nase, du Jungspund!"
Birgit blieb vor den Fallschirmen stehen: „Toll, warum haben wir sie vorhin eigentlich nicht mit ins Trockene gebracht?"
„Wir mußten doch unsere Männer ins Trockene bringen", erwiderte Betina.
Alle lachten. Alle außer Peter. Er beobachtete Eberhard. Der war gerade damit beschäftigt, ein Päckchen Kaugummis zu öffnen, das er den anderen nun entgegenhielt. Jetzt lächelte auch Peter.

Dieter schloß die Flugzeugtür auf. Schon kurz darauf begannen sich die Motoren der Cessna zu drehen. Aus einem der Propeller kam ein Feuerstoß heraus. Es gab einen Knall.
„Vielleicht hätte es nie aufhören dürfen zu regnen", meinte Sven unsicher.
„Kleinigkeit", rief Dieter aus dem geöffneten Fenster heraus.
„Kleinigkeit", wiederholte Betina und lachte unsicher.

Wenig später hatte die Gruppe das Flugzeug bestiegen. Es dauerte nicht lange und die Maschine setzte sich mit einem gleichbleibenden Dröhnen in Bewegung. Mit ohrenbetäubendem Lärm rollte sie dann über die kleine Startbahn. Kurz vor deren Ende hob sie schließlich ab und gewann langsam an Höhe. Im Flugzeuginneren wurde trotz oder gerade wegen des bevorstehenden Sprungs gelacht. Ein Witz jagte den anderen. Peter saß Eberhard gegenüber. Ab und zu schaute er zu ihm herüber.

„Du bist ja heute so still, Peter!" meinte Mohrenkamp.

„Manchmal muß man einfach still sein!"

„Vorfreude", meinte Mohrenkamp jetzt.

„Vorfreude?" wiederholte Peter fragend. „Auf was?"

„Na, auf den Sprung", meinte Mohrenkamp lächelnd.

„Ach so. Natürlich", sagte Peter und grinste seltsam. Er sagte noch etwas, aber das so leise, daß es vom Geräusch der Motoren absorbiert wurde. Dieters Stimme kam über den Lautsprecher:

„Zwei Minuten noch, ihr Hübschen."

„Zwei Minuten."

Mohrenkamp teilte die Springerreihenfolge ein.

„Moment Eber, wir wollten dir doch heute unsern neuen Sprung zeigen, sagte Birgit jetzt."

„Birgit, wir werden heute doch noch öfters springen", meinte er entschuldigend und wandte sich dann an Peter:

„Du springst vor mir, ok? Ich als letzter."

„Nein. Nein. Du vor mir, Eber", sagte Peter lächelnd.

„Okay", meinte Mohrenkamp und erwiderte das Lächeln.

Peter sah auf seine Uhr.

„In zwei Minuten", dachte er, „ist er tot, dieses Schwein. Dann ist Mohrenkamp endlich tot." Der Mann, der ihm immer alles stahl: Die Show, die Frauen, sogar den Job hatte er ihm streitig gemacht. Mohrenkamp war erster Sprungmeister geworden, und er war wieder mal leer ausgegangen. Wie immer. Doch in zwei Minuten würde das Problem für immer aus der Welt geschafft sein.

Jetzt ertönte ein Summen, und die Innenbeleuchtung schaltete von grün auf rot. Mohrenkamp vergewisserte sich, daß alle bereit waren, dann zog er die Tür auf. Sekunden später waren alle bis auf ihn und Peter im Freien.
Mohrenkamp fragte Peter an der Tür: „Hast du mir irgendetwas zu sagen?"
„Wieso, sollte ich?" meinte Peter selbstsicher.
„Das mußt du wissen", erwiderte der andere.
„Gut, ich sage es dir unten", meinte Peter.
„Unten? Nicht hier?" wollte Mohrenkamp wissen.
„Unten", wiederholte Peter.
„Gut", meinte Mohrenkamp. „Wenn du meinst", und sprang hinaus. Peter blieb allein und beobachtete das sich schnell entfernende Paket Mensch. Er lachte, dann sprang auch er.
Von weitem sah er Mohrenkamp. Weit unter ihm erkannte er die Fallschirme der anderen. Er überprüfte seinen Höhenmesser. Mohrenkamp müßte gleich ziehen, dachte er und freute sich.
Jetzt erstarrte er. Mohrenkamps Fallschirm öffnete sich. "Das kann nicht sein", schrie er fast. Er hatte doch bei ihm alle Seile durchgetrennt. Unmöglich. Er holte Mohrenkamp langsam ein. Wie konnte das sein? Hatte er einen anderen benutzt? Etwas gemerkt?
Er löste seinen Fallschirm aus. Doch er ging nicht. Nun geriet er in Panik. Er versuchte es wieder, doch der Fallschirm blieb noch immer geschlossen. Aber er hatte ihn doch doppelt überprüft!
Jetzt zog er am Ersatzschirm. Wieder nichts. Er schrie, wie nie in seinem Leben. Er sah nicht, wie Mohrenkamp ihm zuwinkte. Er hörte auch nicht, wie der ihm zurief:
„Unten."
Er hörte sich wahrscheinlich nicht mal mehr schreien. Wenig später war Mohrenkamp sicher gelandet.

Das Karussell

„Herr Meindl, kommen Sie doch mal eben hierher", rief der dicke Peter Bacher seinem Arbeiter zu. Der junge Mann ließ augenblicklich seinen Besen an einem Pfosten stehen und kam herüber:
„Ja, Herr Bacher?" fragte er unsicher.
„Wie oft soll ich noch sagen, daß ich alle Spiegel an den Pfeilern gereinigt haben möchte, bevor es losgeht. Dann können Sie immer noch fegen. Das geht ja schnell, es sind ja nur zwanzig Spiegel", lachte der Chef laut.
„Nur zwanzig Spiegel", wiederholte Meindl leise. „Das ist eine Heidenarbeit", dachte er bei sich.
Gerade wollte er wieder an seine Arbeit gehen, da rief ihn der Chef noch einmal zurück.
„Es wäre gut, wenn Sie sich beeilen würden. Die Kirchweih fängt in knapp drei Stunden an", er sah auf seine dicke goldene Armbanduhr.
„Wenn die Spiegel und der Boden fertig sind, können Sie sich noch um das Kassenhäuschen kümmern, aber machen Sie es auch von innen sauber, das möchte meine Frau so haben. Sollte ich noch etwas finden, lasse ich es Sie rechtzeitig wissen. Also bitte, jetzt an die Arbeit. Und schludern Sie nicht wieder."
„Ich mache doch immer gute Arbeit, Herr Bacher", erwiderte der junge Mann getroffen.
„Ja, das wäre zu wünschen", lachte der dicke große Mann. „Das wäre schön". Schon war er verschwunden. Meindl ärgerte sich über sich selbst: Schon wieder hatte er nicht nach seinem ausstehenden Lohn gefragt, obwohl er dies schon den ganzen Morgen vorgehabt hatte.
„Dann mache ich es eben später", tröstete er sich. Bei einem wie Bacher brauchte man eben einen zweiten Anlauf.

Die Spiegel ließen sich nur sehr mühsam reinigen, es schien als wenn sie mit einem Ölfilm behaftet waren.

Noch keine halbe Stunde arbeitete er jetzt an ihnen, da tauchte sein Chef abermals auf:

„Ja, Herr Meindl, was wird denn das? Sie müssen schon ein wenig draufhauen, oder möchten Sie, daß ich alles selber mache?" sagte Bacher mit eiskaltem Ton. Meindl ärgerte sich sehr über diese Bemerkung, war er es doch schließlich, der hier immer alles selber machen mußte.

„Vergessen Sie nicht, das Karussell muß sich immer drehen, und das tut es jetzt schon in der vierten Generation", sagte er stolz.

„Das liegt aber nicht an dir, du Fettarsch", dachte sich Meindl.

„Ich mache es doch schon so gut es geht, Herr Bacher". Dann nahm er all seinen Mut zusammen: „Ach ja, Herr Bacher, ich bekomme doch noch 150 Euro von Ihnen ...!" Er wunderte sich selbst über seine laute und feste Stimme, die er plötzlich hatte.

„Klar, die bekommen Sie schon noch, aber erst muß ich mal wieder flüssig sein. Mal sehen, wie heute und in den nächsten paar Tagen das Fahrgeschäft läuft. Dann gibt es wieder Kohle", lachte er. Doch diese Antwort beruhigte Meindl ganz und gar nicht.

„Meine Frau und ich müssen in einer halben Stunde auf diese elende Beerdigung fahren. Sie halten dann hier die Stellung. Sie wissen ja wie alles geht. Wenn wirklich was ist, ich habe das Handy dabei!"

„Ja, gut, wenn es wirklich nötig ist, dann melde ich mich", meinte Meindl.

„Wann kommen Sie wieder zurück, Herr Bacher?"

„Ich bin doch kein Hellseher! Es wird auf jeden Fall ein paar schöne Stunden dauern. Ich lasse den Laden hier nur sehr ungern allein. Gut, dann machen Sie also jetzt mit den Spiegeln weiter, aber diesmal mit etwas mehr Tempo, wenn es geht", befahl er und war schon wieder verschwunden.

Meindl regte sich erneut über seinen Chef auf. Es kam fast täglich vor, daß er ihn für mehrere Stunden alleine ließ. Mal mußte er zum Zahnarzt, mal die Kinder von der Schule abholen.

Wenig später sah er jetzt Bacher und seine Frau die Anlage verlassen. Sein Chef winkte ihm noch zu, aber Meindl tat, als ob er ihn nicht sah.

Bis zuletzt rackerte er sich an den Spiegeln ab, um dann pünktlich im Kassenhäuschen zu sitzen. Es hatte nicht mal mehr für eine kurze Kaffeepause gereicht. Die ersten Kinder standen schon in einer langen Schlange als er plötzlich eine Idee hatte.

So schnell wie heute war noch kein Arbeitstag am Karussell vergangen.

Es war schon nach 15 Uhr als sein Chef in das Kassenhäuschen trat. Vor dem Wagen stand immer noch eine große Traube von Kindern.

„Es läuft ja blendend Meindl, dann übernehme ich jetzt. Sie machen zehn Minuten Pause". Er setzte sich in den großen Sessel.

„Nein danke, Herr Bacher, diese Pause wird länger", erwiderte Meindl, und sein Chef schaute ihn ganz entgeistert an: Diesen Ton war er von seinem Untergebenen nicht gewohnt.

„Ich verstehe nicht", sagte er konsterniert, dann fiel sein Blick auf die Kasse, und er sagte entsetzt: „Wo sind denn die ganzen Einnahmen geblieben?"

„Ach, machen Sie sich keine Sorgen, Herr Bacher, die Tageseinnahmen beliefen sich auf etwa 200 Euro. 150 Euro habe ich mir abgezogen für meinen ausstehenden Lohn, der Rest war die Bezahlung für heute. Und im Moment machen die Kinder Freifahrten. Man muß ja auch mal etwas Gutes tun. Und es belebt das Geschäft."

„Was?" schrie Bacher außer sich. „Sie sind ja total verrückt geworden!" Er sah aus als, wollte er Meindl an den Hals.

„Ich schmeiße Sie raus!"

Jetzt lächelte Meindl: „Sie haben mich wohl nicht verstanden, Herr Bacher. Ich habe bereits gekündigt". Darauf verließ er den Wagen und ließ den schreienden Bacher hinter sich zurück. Noch einmal drehte er sich zu seinem ehemaligen Chef um:
„Und jetzt schön an die Arbeit, Herr Bacher. Wie Sie vorhin schon sagten: Das Karussell muß sich immer drehen". Dann bahnte er sich einen Weg durch die Menge der wartenden Kinder.

Gesucht und gefunden

Klaus hatte seinen Schlafsack und die beiden Tüten vor dem großen Kaufhaus abgestellt. Der Regen der letzten Nacht hatte seine Sachen völlig durchnäßt. Er konnte beruhigt sein: Niemand würde etwas wegnehmen. Nicht einmal ein Secondhandladen hätte Interesse an diesen Kleidungsstücken in den beiden Tüten gezeigt. Im Gegenteil. Allerhöchstens als Altkleiderspende wären sie noch brauchbar gewesen. Doch warum dachte er überhaupt darüber nach? Er brauchte sie ja. Sein Hab und Gut waren auf die beiden Tüten und den Schlafsack verteilt, in dem er kommende Nacht irgendwie schlafen mußte.

An diesem frühen Morgen sah der Himmel nicht danach aus, als ob die Sonne überhaupt jemals wieder durch ihn hindurchdringen könnte. Doch selbst wenn es der Sonne letztendlich gelänge, wäre es auch egal, denn die Februarsonne war noch nicht stark genug, den Schlafsack binnen eines Tages zu trocknen.
In seinem ebenfalls durchnäßten alten Kaschmirmantel, ein Zeichen vom Geld vergangener, unendlich ferner Tage, betrat er nun den Palast des chemischen Lichtes.

Obwohl dieser erst seit wenigen Minuten geöffnet hatte, sah man schon die Armeen von Frauen: dicke, dünne, deutsche und ausländische, mit und ohne Kinder, die damit beschäftigt waren, nach Schnäppchen Ausschau zu halten. Alle hatten nur eines gemeinsam: unendlich viel Zeit.

Er jedoch hatte nur Augen für den Alkohol, den es hier gab.

Durch die Klimaanlage begann seine Kleidung seltsam zu riechen. Doch das war ihm egal. Besser gesagt: Es mußte ihm egal sein

.

Er hatte sich seit Ewigkeiten nicht mehr rasiert, und seine Haare ließen ihn mittlerweile wie einen Wilden aussehen. Einen Wilden mit einem Brillantohrring. Und noch dazu dem einer Frau.

Jedes Pfandleihhaus hätte dieses Schmuckstück liebend gern in Zahlung genommen, doch diesen Ohrring sollte niemand bekommen. Nur sein Grab, dahin würde er ihn mitnehmen. Schon bald. Ein Arzt hatte ihm vor Monaten bei seiner letzten und einzigen Untersuchung in über zehn Jahren mitgeteilt, daß er einen Gehirntumor im Endstadium mit sich herumtrug. Meist wußte er nicht einmal, ob ihn diese Tatsache traurig machte. Irgendwie ließ die Zeitbombe in seinem Kopf alles nur noch viel banaler erscheinen.

Wären da bloß nicht die ständigen Kopfschmerzen gewesen. Diese elenden Schmerzen trieben ihn so manches mal fast in den Wahnsinn.

Gerade in letzter Zeit, wenn sie ihn mal wieder nicht schlafen ließen, war er spät nachts in die dreiundzwanzigste Etage des Hochhauses gegenüber vom Park gefahren und hatte dort lange auf die seltsam erleuchtete Stadt geschaut, die sich vor ihm ausbreitete, mit all ihren Straßenlichtern und so manchem erleuchteten Zimmer irgendeines bedeutungslosen Hauses in einer bedeutungslosen

Straße dieser noch viel bedeutungsloseren Stadt. In einem Land, in dem Menschen, besonders Menschen wie er, für andere Menschen auch so bedeutungslos waren. Und dort oben, nur dort oben, mußte er dann immer lange und intensiv weinen.

Eine dieser Nächte sollte seine letzte sein. Dieses mal wollte er den Mut, den er sonst benötigte, die Entsetzlichkeit auf der Straße leben und überleben zu können, anwenden, für diese finale Entscheidung.

Ein Bein hatte er schon über die niedrige Brüstung gelegt, die die Lebenden von den Sterbenden auf eine so banale Art trennte. Er bewunderte all die Menschen, die vor ihm von hier in etwas Anderes gesprungen waren. Etwas Anderes, das nie einer von ihnen vorher hatte durchschauen können. All diese Verzweifelten. Was für ein fürchterliches Konglomerat aus Enttäuschungen mußte sie dazu bewegt haben, diesen letzten "Schritt" in ihrem Leben zu gehen? Er wußte es nicht. Konnte es nur ahnen, und langsam, ganz langsam, hatte er dann auch sein zweites Bein nachgezogen.

Doch dann riß ihn plötzlich eine Hand zurück. Kurz vor dieser anderen Welt, die kein Lebender jemals gesehen hatte.

Er konnte sich nicht mehr erinnern, ob er sich damals wütend oder nur entsetzt umgedreht hatte, um in das fassungslose Gesicht eines älteren Mannes zu sehen. Nur mit einem Bademantel bekleidet, schaute dieser ihn mit grenzenlosem Vorwurf an, um ihn dann zu fragen, wieviele Menschen sich denn noch von diesem Hochhaus in den Tod stürzen wollten. Und daß die Menschen doch leben sollten.

Lange sprachen sie noch auf diesem lächerlich kleinen Balkon. Solange, wie Klaus in den letzten Jahren mit keinem mehr gesprochen hatte.

Dann hatte ihn Ulli, der der Hausmeister dieses Gebäudes war, sogar noch zu sich in seine Wohnung eingeladen. Es entstand eine kurze seltsame Freundschaft. Doch schon drei Wochen später zog sein neuer Freund in eine andere Stadt und jetzt gab es in diesem Haus einen neuen Hausmeister. An der Art, wie dieser Mann ihn letzte Woche zusammengeschrien hatte, merkte er, daß es ihm ganz egal war, ob er von irgendwo springen würde oder nicht, solange es nicht von "seinem" Haus war, wo nur Menschen, die dafür Miete zahlten, sich aufhalten, sich aufwärmen durften.

Die Getränkeabteilung schien der einzige Ort des Kaufhauses zu sein, der totenstill war. Außer ihm und einer Angestellten, die im nächsten Gang die Regale auffüllte, war sonst niemand hier zu sehen. Vielleicht dachten die meisten, sie würden unangenehm auffallen, wenn sie schon am frühen Morgen Alkohol durch eine der 12 Kassen bringen würden. Von den Millionen Alkoholikern dieses Landes traf er um diese Uhrzeit nicht viele hier. Sie tarnten sich erfolgreich, oft sogar in den eigenen Familien. Er hingegen tarnte sich nicht. Das konnte er schon lange nicht mehr.

Nun stand er vor seinem Bier, dem mit der Krone. Eigentlich war es ihm ja völlig egal, welche Sorte es war: Hauptsache die billigste. Und das brauchte er jetzt. Doch was war das? Der Dosenpreis war seit gestern um fünf Cent gestiegen. Das mußten sie eben erst gemacht haben, denn er war gestern abend noch bei Ladenschluß einer der letzten Kunden gewesen, als er fünf Dosen gekauft hatte. Nun wurde er nervös. Sehr nervös.
Doch so sehr er auch in seinen Taschen suchte, die neunzig Cent, die er besaß, wurden nicht mehr und das Bier wurde auch nicht billiger. Ganz gleich wie lange er auch vor ihm stehenblieb. Nun mußte er handeln. Eine Dose Bier würde ihm niemals reichen. Nein, niemals. Und es würde um diese Uhrzeit bestimmt dauern, bevor er beim Betteln etwas bekommen würde. Aber

Menschen direkt um Geld anhauen, das wollte er nicht. Schon gar nicht wegen zehn Cent.

Jetzt kam die Frau mit ihrem Kittel in seinen Gang. Sie sahen sich kurz an, dann begann sie damit, in einiger Entfernung die Regale aufzufüllen.
Er zitterte, denn er wußte, daß es bald noch schlimmer werden würde. Was sollte er nur tun? Klauen? Er konnte nicht klauen. Er hatte noch nie geklaut. Doch nun war es wohl so weit. Er würde also stehlen müssen. Alles nur wegen lächerlicher, absurder zehn Cent.

Vor vielen Jahren, als er noch Hauptabteilungsleiter war, hatte er selbst Tausende verdient und einen Mercedes gefahren. Doch dann starben plötzlich seine Eltern innerhalb eines halben Jahres, und seine Frau verließ ihn wegen Rolf, seinem damals besten Freund. Die Kinder nahm sie auch gleich mit.
Bis dahin hatte er selbst nie einen Schluck Alkohol getrunken, doch plötzlich war er immer alleine, und so verlor er alles.
Und jetzt lag es an einem Zehn-Cent-Stück. Zehn Cent.

Er schaute auf das große Schild über ihm.
"Ladendiebstahl lohnt sich nicht. Wir zeigen jeden Ladendieb an."
Die Kamera drehte sich gerade auf einen anderen Bereich. Er hatte schon beide Dosen an sich gedrückt, und verstaute jetzt die eine. Dann bahnte er sich zögernd seinen Weg zur Kasse und reihte sich in die Schlange ein. Noch nie war ihm das Warten so lange erschienen. Normalerweise hätte er hier und jetzt schon eine der Dosen geöffnet, aber damit würde er nun warten müssen. Denn jetzt war er ein Dieb. Zum ersten mal in seinem Leben. Tränen füllten seine Augen. Gleich würde er an der Reihe sein. Klaus bemerkte nicht mal den jungen Mann, der sich eben hinter die

Kassiererin gestellt hatte und ihr etwas zuflüsterte. Der Obdachlose zitterte wie selten, wie vielleicht noch nie in seinem Leben, als die Frau an der Kasse „50 Cent" zu ihm sagte. An der Art und dem Ton, wie sie es sagte, wußte er plötzlich, daß sie es wußte. Er gab ihr das Geld, und sie bedankte sich nicht einmal dafür. Als er begann loszulaufen, hatte er fast schon gehofft, es doch noch geschafft zu haben. Der junge Mann sah ihn herausfordernd an und sagte dann: „Kommen Sie bitte mal mit in mein Büro."

Dies war der längste Weg in seinem Leben. Länger als vom Scheidungsrichter auf die Straße. Länger noch als auf den Friedhof seiner Eltern. Jeder schien ihn anzustarren. Aber auch wirklich jeder. Er wußte jetzt, wie sich ein Mensch auf dem Weg zum Schafott fühlen mußte.
Das Büro des jungen Mannes war klein. Am hinteren Ende eines Schreibtisches standen viele Monitore. „Setzen Sie sich", befahl der Mann, während ein noch jüngerer sich in die Tür stellte. Dachten sie denn wirklich, er würde flüchten? Das würde er niemals tun. Dazu hatte er zuviel Stil. Oder war er einfach nur zu feige?
„Setzen Sie sich", befahl der Mann erneut, der sich nun als Filialleiter vorstellte.
„So, jetzt holen Sie doch erst einmal die andere Dose heraus. Möchten Sie, daß ich Ihnen die Videoaufzeichnung zeige?"
Er mochte nicht.
„So, haben Sie noch etwas anderes mitgenommen?"
„Aber nein", sagte er müde.
„Wir brauchen Ihren Ausweis. Die Polizei ist schon verständigt. Sie ist bereits unterwegs."
„Polizei", dachte Klaus.
Der Filialleiter nahm ihm die Dose aus der Hand und zeigte sie triumphierend seinem Kollegen.
„Ihren Ausweis", wiederholte er.

Langsam zog Klaus seine abgegriffene, zerfallene Brieftasche heraus, in der seit Jahren schon kein Geld mehr war. Er hielt sie zögernd dem jungen Mann entgegen, der schon die Hand nach ihr ausgestreckt hatte.

Dann setzte sich der Filialleiter an einen der Computer und begann zu tippen.

„Wie heißen Sie?" fragte er und schaute Klaus herausfordernd an. „Sie müssen sich schon etwas beeilen. Ich will fertig sein, wenn die Beamten kommen, um Sie mitzunehmen".

Inzwischen kämpfte Klaus mit nie dagewesenen Herzschmerzen. Er wollte seinen Namen nennen, den er seit so vielen Jahren nicht mehr gebraucht hatte, aber er konnte nicht reden.

Jetzt wurde der junge Mann mit der grauen Krawatte richtig böse:

Na gut, dann eben nicht. Ich habe ja Ihre Brieftasche."

Er verzog das Gesicht als er sie in die Hand nahm. Sein Blick fiel auf ein vergilbtes Foto und blieb nun ewige Zeit auf diesem haften. Es zeigte ein kleines, etwa zehn-jähriges Mädchen. Dann fing er sich wieder. Jetzt hatte er den Ausweis endlich gefunden.

„Name."

Als er ihn dem Ausweis entnahm, hielt er kurz erschrocken inne. Er dachte angestrengt nach und griff unsicher zu dem Foto, das er dann lange betrachtete.

„Was ist denn das hier für ein Foto? Woher haben Sie das?" fragte er.

Aber Klaus stammelte nur noch unverständlich. Der Filialleiter hatte einen seltsamen Gesichtsausdruck.

Dann sagte er zu seinem Kollegen: „Herr Berger, ich möchte, daß alle Tragetaschenbestände gezählt werden."

„Wann denn?" fragte der junge Mann, der immer noch den Ausgang versperrte.

„Jetzt sofort", meinte der Filialleiter.

„Aber …", Herr Berger schaute auf Klaus.

„Ich sagte jetzt", meinte der Mann mit der grauen Krawatte gefährlich.

Berger schaute empört, doch dann verschwand er.

„Ich heiße Müller. Peter Müller", sagte der Filialleiter. Er versuchte, freundlich zu klingen. Aber das nahm Klaus nicht mal mehr richtig wahr.

„Woher haben Sie dieses Foto?" fragte Müller diesmal wirklich freundlich.

"Ich habe es von meiner Frau", antwortete Klaus. "Meiner Ex-Frau."

„Ich komme sofort wieder zurück", sagte Müller auf einmal und nahm sein Handy. Dann verschwand er für ein paar Minuten. Als er wieder zurückkam, lehnte Klaus mit seinem Oberkörper auf dem Schreibtisch. Es ging ihm so schlecht, daß ihm inzwischen alles egal geworden war.

„Was ist denn mit Ihnen?" fragte Müller jetzt besorgt. Geht es Ihnen etwa nicht gut?"

„Meine Taschen. Mein Schlafsack", stotterte Klaus.

„Wo sind sie?" meinte Müller freundlich.

„Vor Ihrem Kaufhaus."

„Ich lasse Ihre Sachen sofort holen", er sprach in ein Mikrofon, und man konnte hören, wie Berger ausgerufen wurde, der auch beeindruckend schnell erschien.

„Herr Berger, Sie holen jetzt die Sachen, die Herrn Michal gehören. Sie finden Sie vor unserem Kaufhaus. Taschen und ein Schlafsack."

„Was?" fragte Berger verständnislos.

„Na los, worauf warten Sie noch?" Müller klang sehr ungehalten.

Berger zuckte mit den Schultern und verschwand. Er kam mit zwei Polizeibeamten zurück. Triumph auf seinem Gesicht.

„Es tut mir leid, daß ich Sie gerufen habe" sagte Müller freundlich zu den Polizisten.

„Ich habe mich getäuscht. Es handelt sich hier um einen Irrtum. Dieser Herr hat überhaupt nichts gestohlen!"

„Was?" fragte Berger entsetzt. "Aber wir haben doch das Band."

„Welches Band denn?" fragte jetzt der Beamte mit dem Silberstern auf der Schulter.

„Ach, das Video", lachte Müller. "Das Video. Ich sage doch, daß ich mich getäuscht habe."

„Und was ist mit der zweiten Dose Bier, die hier steht?" fragte Berger kalt.

„Die habe ich dem Herrn eben geholt, weil es ihm schlecht geht. Und wenn Sie jetzt nicht endlich sofort an Ihre Arbeit gehen, dann werden Sie mich kennenlernen, Berger. Verstanden?"

Berger sah seinen Chef nur haßerfüllt an und verschwand dann.

Der Polizeibeamte schaute etwas skeptisch und sagte dann: „Hören Sie mal, Herr Müller, wir kennen uns jetzt schon, seit sie dieses Kaufhaus übernommen haben, und noch nie ist es vorgekommen, daß Sie uns umsonst gerufen haben. Können Sie mir bitte kurz erklären, was hier eigentlich passiert ist?"

„Aber natürlich. Ich habe fälschlicherweise angenommen, daß Herr Michal hier eine Dose Bier für fünfzig Cent entwendet hatte. Und ich habe mich, wie bereits erwähnt, getäuscht. Es handelt sich einfach um einen Irrtum."

Der Komissar schaute kurz auf seinen jungen Kollegen, überflog das Gesicht Müllers und sah dann lange auf Klaus.

„Ja, wie ist es denn nun gewesen?" fragte er jetzt und schien schon merklich überzeugter.

Klaus versuchte zu sprechen, aber es ging nicht. Mit der rechten Hand griff er sich an den linken Oberarm. Er hoffte, so die fürchterlichen Schmerzen lindern zu können.

„Ich … ich …", stotterte er, doch die Schmerzen erlaubten ihm keine Erklärung.

"Geht es Ihnen nicht gut? Was haben Sie denn? Was fehlt Ihnen denn?" fragte der Polizist jetzt sehr besorgt. "Sollen wir Ihnen einen Arzt rufen? Hören Sie?"

In diesem Moment begann Klaus, vom Sessel zu rutschen. Er hörte schon nicht mehr, was der Beamte zu ihm gesagt hatte. Alle drei Männer stürzten sich augenblicklich auf den kranken Mann. Langsam ihn stützend, setzten sie Klaus auf den Boden. Der jüngere Beamte stützte Klaus nun mit seinem Knie, das er gegen seinen Rücken drückte, während sein Vorgesetzter ein Funkgerät aus der Brusttasche nahm, mit dem er dann einen Notarzt rief.

Plötzlich trat eine junge Frau in das Büro. Sie schaute die Männer fragend an und wendete ihren Blick kaum von Klaus ab. Dann faßte sie sich etwas und meinte: „Peter, was ist denn mit dem Herrn los? Hast du mich deswegen rufen lassen?"

Müller antwortete zögernd: „Wir wissen nicht, was er hat. Der Notarzt kommt schon."

Die Frau lief zu Klaus herüber und beugte sich dann zu ihm hinunter. Dann sagte sie besorgt:

„Was fehlt Ihnen denn?"

Doch Klaus konnte sie nicht hören. Sie hob seinen linken Arm nach oben und versuchte dann, seinen Puls zu fühlen, doch so sehr sie sich auch bemühte, sie konnte keinen finden.

„Er braucht dringend Hilfe. Schnell. Sonst stirbt er", rief sie und schaute die betreten schweigenden Männer alarmiert an. Von ferne hörte man jetzt Sirenen. Peter beugte sich zu ihr herab und flüsterte:

„Er heißt Michal. Genau wie du. Und dieses Photo hatte er in seiner Brieftasche." Er hielt ihr das Bild mit dem kleinen Mädchen entgegen. Das Mädchen sah fast aus wie sie. Nur die Augen und die Nase schienen etwas anders zu sein.

„Aber das kann ich nicht sein", sagte sie verwirrt.
Sie drehte das Bild um, auf dem nur eine Jahreszahl zu
lesen war. Das Mädchen mußte jetzt etwa so alt sein
wie sie.
Der Komissar kniete sich jetzt auch neben die beiden,
dann fühlte er prüfend das Herz von Klaus.
„Es schlägt noch", sagte er nach einiger Zeit, fast
flüsternd. Dann herrschte wieder Stille.

Die Sirene und das gedämpfte Treiben der Menschen
im Geschäft, das unendlich entfernte Piepsen der
Kassen – nicht mal Berger ließ sich blicken.
Der Diebstahl war jetzt irrelevant geworden.
Endlich betrat der Notarzt den Raum. In jeder Hand
hielt er einen Koffer. Sofort machten ihm die junge Frau
und der Komissar Platz, während Klaus seinen
Oberkörper nach wie vor gegen das Knie des jungen
Polizisten gestützt hatte.
„Wir müssen ihn auf den Boden legen", sagte der Arzt.
„Halten Sie seinen Kopf hoch", befahl er der jungen
Frau, die ihm am nächsten stand. Nun schob er den
Pullover und das alte ungewaschene Unterhemd des
Mannes hoch, setzte das Stethoskop an und versetzte
den Taster mehrmals. Es herrschte Totenstille im
Raum. Müller hatte vorhin schon alle Telefonhörer
abgenommen.
„Ich kann keinen Herzschlag mehr feststellen", sagte
der Notarzt nach einer Ewigkeit.
Er öffnete einen der beiden Koffer.
„Wie lange ist er schon in diesem Zustand?" fragte er.
Die drei schauten sich nur schuldbewußt an, dann
räusperte der Komissar sich und antwortete:
„Vor etwa fünf Minuten hatte er noch einen
Herzschlag."
„Fünf Minuten?" wiederholte der Arzt entsetzt, in
dessen Job es um Leben und Tod ging.

Und wieder sprach niemand ein Wort. Machte der Arzt sie etwa für den Zustand des Mannes verantwortlich? Schuldig fühlte sich jedenfalls jeder.

„Legen Sie seinen Kopf wieder auf den Boden. Schnell. Treten Sie zurück. Niemand darf ihn berühren."

Er setzte zwei seltsam aussehende Stäbe, die an Kabeln mit einem der Koffer verbunden waren, auf den Brustkorb des Mannes an.

„Treten Sie zurück", befahl er nochmals.

Er drückte gleichzeitig beide Knöpfe der Griffe. Der Koffer gab ein häßliches Geräusch von sich und der Oberkörper des Liegenden bäumte sich auf.

Der Notarzt legte die beiden Stäbe zur Seite und begann wieder die Herzgegend mit dem Stethoskop abzuhören.

Niemand in diesem kleinen Raum hatte den Mut, dem Arzt eine Reaktion von seinen Augen abzulesen. Keiner dieser Menschen konnte am Schicksal des Mannes, der hier auf den kalten Fliesen lag , etwas ändern. Nur der Arzt, aus dessen prüfenden Augen wenig mehr als eine fürchterliche Anspannung zu lesen war.

Erneut verband er das Ende des Stethoskops und nahm die beiden Stäbe in die Hand. Wieder das häßliche Geräusch und das Aufbäumen des Oberkörpers. Wieder das Abtasten. Immer noch das unendliche Schweigen, die furchtbare Reststille.

Während er erneut das Stethoskop sicherte, sagte der Notarzt:

"Dies ist das letzte mal. Wenn es jetzt nicht geht…", weiter sprach er nicht. Weiter mußte er auch nicht sprechen. Jeder hätte den Satz beenden können. Und zum letzten mal setzte er die beiden Stäbe an. Der Oberkörper bäumte sich ein weiteres mal auf, dann hörte der Arzt ihn wieder ab. Immer und immer wieder setzte der Mann mit den grauen Haaren das Stethoskop auf die Brust.

Nach einer nicht zu beschreibenden Ewigkeit setzte er es ab.

„Gut, ich habe einen Herzschlag."
Die Frau stieß einen Schrei aus, den allerdings keiner registrierte.
Der Arzt zog jetzt eine Spritze auf. Langsam senkte sich der Brustkorb des Liegenden auf und nieder. Niemand sprach.

Müller nahm die junge Frau erleichtert in die Arme.
Jeder lächelte, bis auf den Arzt.
Berger kam und schaute entsetzt auf den Boden.
„Herr Berger, nehmen Sie Ihre Mittagspause doch schon jetzt."
Berger strahlte und dann nahm er seine Tasche, die am Ende des Schreibtisches stand.
Er sah etwas Glitzerndes daneben liegen. Einen Damenohrring. Vorsichtig hob er ihn auf und trug ihn mit der Tasche hinaus. An der Tür blieb er noch einmal stehen und lächelte.
Und keiner von ihnen wußte, daß der Ohrring einen Pendant hatte: Den trug die Schwiegermutter des Filialleiters Müller, die die Ex-Frau des todkranken Obdachlosen war, dessen Tochter ihm gerade die Hand hielt.

Berger hatte jetzt fast den Ausgang erreicht und sein Blick fiel noch einmal auf ein Schild, wo in großer schwarzer Schrift stand:
Wir zeigen jeden Ladendieb an.

„Habenichtse"

Wo bleibt denn der Kaffee, Liesel?" fragte der dickliche
Mann, der eben an dem kleinen Tisch im Eßzimmer
Platz genommen hatte. Er mochte etwa fünfzig Jahre
alt sein, und obwohl sein Jackett geöffnet war, schien
es ihm immer noch zu eng. Er hob die bereitgelegte
Zeitung kurz hoch und überflog die Schlagzeilen, dann

rief er wieder und diesmal klang seine Stimme noch schärfer:

„Hörst du nicht? Der Kaffee! Also wenn ich ihn jetzt nicht bekomme, brauche ich ihn gar nicht mehr. Ich muß weg!"

Gerade hatte er ausgesprochen, da kam eine schlanke kleine Frau hereingelaufen. Ihre Haare waren an den Seiten schon ergraut und sie schien leicht nach vorne gebeugt.

„Ja, hier ist er doch schon, Schatz. Ich habe dich bisher doch noch nie vergessen. Willst du nicht auch noch etwas frühstücken? Einige Scheiben Toast? Ich mache dir schnell ein paar Scheiben. Ich habe dir extra heute morgen deine Lieblingsmarmelade gekauft. Die im großen Glas, ja?"

„Hör mal, ich will jetzt aber nichts essen. Ich habe gleich um neun den ersten Termin. Wie oft soll ich dir noch sagen, daß ich nicht zu spät kommen kann! Wo ist mein Koffer, Liesel?"

„Na Liebling, ich stell ihn dir doch schon seit Jahren immer neben den Schrank bei der Tür. Also müßte er jetzt auch dort stehen, meinst du nicht?"

„Ja, ja. Ich glaube dir, aber ich habe jetzt wirklich keine Lust auf Belehrungen."

Er nahm einen schnellen Schluck von seinem Kaffee und verbrannte sich die Lippen:

„Mein Gott, der Kaffee ist wieder viel zu heiß und außerdem auch noch zu stark."

„Soll ich dir etwas kaltes Wasser hineintun? Dann ist er gleich kühler und schmeckt auch viel milder."

„Ich hab doch dafür keine Zeit mehr, Mensch! Ich werde eben heute abend in Ruhe einen trinken."

Als er die Haustür öffnete, zog seine Frau ihn noch einmal an sich heran und gab ihm einen Kuß auf die Wange: „Ich wünsche dir einen schönen Tag, Liebling."

„Das wirst du schon den anderen wünschen müssen", erwiderte er und ging, ohne sich umzusehen, aus dem Haus.

Die Frau drehte sich um und schloß dann die Tür hinter sich. Sie seufzte laut, während sie zum Eßtisch lief, und nahm dann einen Schluck Kaffee aus der Tasse ihres Mannes. Er war immer noch heiß.

„Der schmeckt doch gut. Ich weiß gar nicht, was er immer hat", sagte sie laut, dann schüttelte sie nachdenklich den Kopf.

Am anderen Ende der Stadt hatte ihr Mann jetzt gerade sein Büro im Amt verlassen und lief zu seinem Auto. Er war wütend. Er war wieder mal viel zu spät dran. Nichts haßte er mehr. Er ließ den Motor laut aufheulen. Der Verkehr war sehr dicht. Berufsverkehr, und er mußte fast wieder durch die ganze Stadt hindurch.

„Man müßte einen Hubschrauber haben", dachte er bei sich und öffnete mit der rechten Hand seinen Koffer, der auf dem Beifahrersitz lag. Jetzt entnahm er ihm einen dünnen Ordner. Er zog das oberste Blatt heraus und legte es auf das Lenkrad. Es waren wichtige Notizen, die ein Kollege für ihn aufgeschrieben hatte. Dann schaute er nervös auf seine Uhr und schüttelte den Kopf. Er mußte sie jetzt schnell überfliegen, da er vorher einfach keine Möglichkeit dazu gehabt hatte. Als der Wagen fast eine Stunde später in einem der Vororte der großen Stadt hielt, war er schon über eine halbe Stunde zu spät.

Für einen Moment blieb er im Wagen sitzen und überlegte, ob er diesen Termin heute überhaupt noch wahrnehmen sollte. Aber dann entschloß er sich, doch zu gehen, denn er war ja schon den ganzen Weg durch die Stadt gefahren. Außerdem war er bei all seinen Kollegen dafür bekannt, daß man sich ganz und gar auf ihn verlassen konnte.

Das Reihenhaus, bei dem er nun klingelte, war in einem besseren Zustand, als er es erwartet hatte. Er war so verwundert, daß er nochmals auf das Namensschild auf der Klingel schaute, bevor er diese dann betätigte.

Schon aus Diskretionsgründen wollte er nicht an einer falschen Türe klingeln. In der Vergangenheit war so was schon viel zu oft passiert und hatte nur zu Scherereien geführt.

Er drückte die Klingel, es ertönte eine Melodie, die ihm gefiel. Schnell überprüfte er noch den Sitz seiner Krawatte. Man hörte ein Baby schreien.

„Auch das noch", dachte er sich.

Die Tür ging auf. Eine dicke junge Frau mit einem kleinen Kind stand vor ihm und schaute ihn fragend an. Das war er gewohnt. Oh, wie sehr war er das gewohnt!

„Ja, was gibt es?" fragte die Frau unfreundlich.

„Kleinhenz ist mein Name. Sind Sie Frau Engelbrecht?"

„Ja, bin ich. Und was wollen Sie von mir? Ich habe Sie hier noch nie gesehen, und ich kaufe auch nichts."

„Ja, verzeihen Sie. Natürlich kennen Sie mich nicht, ich bin heute ja das erste mal bei Ihnen in meiner Funktion als Gerichtsvollzieher. Dürfte ich bitte eintreten?"

Wie aus dem Nichts zog er einen Ausweis hervor und hielt ihn der verdutzt dreinschauenden Frau vors Gesicht.

„Ich verstehe nicht, was Sie hier wollen. Ich habe mit dem Gericht nichts zu tun, und dabei bleibt es auch. Vielen Dank."

Damit schlug sie ihm die Tür vor der Nase wieder zu.

Kleinhenz wischte sich die nasse Stirn ab; jetzt war er wütend, und dann war er gefährlich. Er versuchte es immer zuerst im Guten, aber wenn das nichts nützte, dann konnten die Leute was erleben. Ihm sollte es egal sein. Er klingelte wieder, aber diesmal vehementer. Es dauerte lange, bis er sehen konnte, wie sich etwas hinter der gläsernen Eingangstür tat.

„Was ist denn noch?" schrie die Frau bevor sie die Tür erneut geöffnet hatte - allerdings nur einen Spalt breit. Sie schaute ihn sehr böse an.

„Also, wenn Sie mich nicht sofort in Ruhe lassen, dann rufe ich die Polizei", bellte sie und schien sich ihrer Sache sehr sicher zu sein.

„Das brauchen Sie nicht, das werde ich dann schon machen, wenn Sie mir nicht sofort zuhören."

„Also, das ist ja wohl eine Unverschämtheit. Wieso wollen Sie denn die Polizei holen?"

„Hören Sie, Frau Engelbrecht, ich möchte nicht aufdringlich sein, aber ich kann nicht die ganze Zeit hier im Regen stehen. Ich muß mit Ihnen über Ihre derzeitige Schuldensituation sprechen. Wollen Sie mich dafür nicht lieber hineinlassen? Ich habe Ihnen diesbezüglich aber auch schon zwei mal geschrieben und beide Kopien dieser Schreiben dabei. Wollen Sie sie sehen oder werden Sie mir jetzt endlich glauben?"

Er trat einen Schritt vor, schon dazu bereit, seinen Fuß zwischen die Tür zu stellen. Ein weiteres Mal würde er sich die Tür nicht noch mal vor der Nase zuschlagen lassen.

„Also, ich weiß zwar immer noch nicht genau, was Sie von mir wollen, aber meinetwegen, dann kommen Sie herein. Ich hoffe, daß Ihr Ausweis auch echt ist. Man hört ja in letzter Zeit die schlimmsten Dinge. Sie wissen schon: Raube, Morde und Vergewaltigungen und so."

„Also, ich kann Ihnen versichern, daß ich nicht zu dieser Sorte gehöre", sagte Kleinhenz ernst.

„Ja, das mag ja so sein, aber das sagen die Typen ganz bestimmt auch, wenn sie bei Frauen wie mir an die Tür kommen. Bitte schließen Sie die Tür hinter sich fest zu, damit die Katzen nicht rauskönnen. Ich bin froh, daß ich sie alle im Haus habe. Die sollen sich ja nicht erkälten. Haben Sie auch Tiere, Herr ... Wie war noch mal Ihr Name, Herr Kleinrenz ... das ist aber ein komischer Name, finden Sie nicht?"

„Ich heiße Kleinhenz", erwiderte er.

„Ja, das ist aber auch ein komischer Name."

„Finden Sie? Das ist mir eigentlich auch ganz egal", sagte Kleinhenz.

„Ja, aber ein Name ist doch etwas Wichtiges, finde ich. Es gibt doch für jeden nur einen. Ich finde, daß Engelbrecht ein sehr schöner Name ist, finden Sie nicht auch, Herr Kleinrenz?"

„Der Name ist Kleinhenz, und ich bin weiß Gott nicht hier, um mich mit Ihnen über Namen zu unterhalten."

Frau Engelbrecht war in ein großes, luxuriös ausgestattetes Wohnzimmer vorausgelaufen.

„Dürfte ich mich bitte setzen, bevor wir anfangen? Ich habe einige Papiere dabei." „Oh, aber bitte nicht auf diese Sessel. Ich möchte nicht, daß sie naß werden. Warten Sie einen Augenblick, ich hole ihnen einen Stuhl."

Das Kind schrie jetzt im Flur. Frau Engelbrecht erschien mit einem hohen Stuhl im Arm und sagte:

„Hier, bitte setzen Sie sich auf diesen."

Das Kind schrie immer noch, aber die Frau machte keinerlei Anstalten, etwas dagegen zu unternehmen.

„Wollen Sie nicht mal nach dem Kind schauen?" fragte sie Kleinhenz jetzt.

Die Frau schaute ihn zweifelnd an.

„Wieviel Kinder haben Sie, Herr Kleinrenz?"

„Keine. Wieso?"

„Nun, sehen Sie, genau das habe ich mir nämlich gedacht. Dann lassen Sie das bitte mich entscheiden."

„Ich wollte mich auch überhaupt nicht in Ihre Angelegenheiten mischen, aber ich stelle mir vor, daß es wohl nicht gut für das Kind ist, wenn es so schreit. Am Ende hat es sich vielleicht sogar noch verletzt. Ich habe in meinen Papieren gar nicht gesehen, daß Sie Kinder haben, Frau Engelbrecht. Da haben wir wohl einen Fehler gemacht", sagte der Gerichtsvollzieher.

„Ich habe auch keine Kinder. Ich passe lediglich auf dieses Kind auf. Sind Sie jetzt zufrieden?" fragte sie und schaute ihn herausfordernd an.

„Ja, wenn Sie jetzt mal nach dem Kind schauen, dann wäre ich zufrieden. Bei so einem Geschrei kann ich sowieso nicht vernünftig mit Ihnen sprechen, also, bitte …"

Sie schaute wieder böse, verließ aber das Zimmer und ging in den Flur.

Augenblicklich war das Kind still, nur die Frau hörte man jetzt leise sprechen.

Kleinhenz sah sich inzwischen genauer um. Viele Gemälde, eine sehr teure Stereoanlage, wertvolle Teppiche und ein überdimensional großer Fernseher.

„Ja, hier gibt es genug zu holen", dachte er bei sich.

Frau Engelbrecht betrat nun wieder das Zimmer. Sie trug das Kind im Arm. Es hatte sich wieder beruhigt und lachte sogar.

„Sehen Sie, Herr Kleinrenz, es lacht schon wieder. Es hat also gar nichts gehabt. Blinder Alarm."

„Also, Frau Engelbrecht, ich zeige Ihnen jetzt erst einmal die Papiere, die Ihnen zugeschickt wurden und die Sie leider unbeantwortet ließen", sagte Kleinhenz, während er seinen Aktenkoffer öffnete.

„Das verstehe ich nun aber wirklich nicht", erwiderte die Frau.

„Und was ist es bitte, das Sie nicht verstehen?" fragte er.

„Na, wie können Sie mir denn Papiere zeigen, die ich nicht beantwortet haben soll, wenn Sie sie jetzt immer noch bei sich haben. Also das ist doch das letzte", sie schüttelte energisch den Kopf, während sie sich zu dem Kind auf den Boden herunterlehnte, um ihm eine Rassel zu geben, mit der es gleich sehr laut zu spielen anfing.

Der Mann verzog verstört sein Gesicht.

„Hätten Sie ihm denn nicht etwas anderes geben können? Ich möchte, daß Sie sich bitte etwas mit mir auf dieses Thema hier konzentrieren. Also, so kann ich nicht arbeiten. Das ist viel zu laut."

In diesem Moment hätte ihn die Rassel fast am Kopf getroffen. Er entschied sich dafür, diesen Vorfall zu ignorieren und fuhr stattdessen fort:
„Ich habe selbstverständlich nur Kopien von den Briefen dabei. Abschriften, verstehen Sie? Sie haben die Originale mit der Post bekommen. Alle per Einschreiben. Dadurch können wir nun beweisen, daß Sie die gesamte Post auch wirklich bekommen haben!" meinte er.
„Ach so, können Sie das? Und wer ist denn bitte „wir"?"
„Wir, das ist das Finanzamt. Die Behörde, für die ich arbeite. Das sind die Leute, die mich mit Ihrem Fall beauftragt haben!"
„Ach so, dann arbeiten Sie also für das Finanzamt. So einer sind Sie also. Na, das hätte ich mir ja gleich denken können", sagte Frau Engelbrecht und war sehr aufgebracht.

„Jetzt werden Sie mal nicht so unverschämt. Außerdem arbeite ich nicht für das Finanzamt; dann verstehen Sie mich falsch. Ich arbeite für das Gericht. Deshalb bin ich auch ein Gerichtsvollzieher. Ich arbeite nur heute im Auftrag des Finanzamtes, um das Geld einzutreiben. Verstehen Sie?"
„Was soll ich verstehen? Ich verstehe gar nichts. Wieso eintreiben? Ich lasse mich doch von Ihnen zu nichts treiben!" sagte die Frau empört.
„Also hören Sie mal, langsam reicht es mir. Ich habe den Eindruck, daß Sie mich hier ganz schön auf den Arm nehmen wollen, aber in Wirklichkeit doch ganz gut verstehen", erwiderte Kleinhenz.
„Wollen Sie etwa sagen, daß ich lüge?" zischte die Frau.

„Na, wenn Sie es so nennen wollen, bitte. Ich will jetzt sofort von Ihnen wissen, wann Sie vorhaben, diese drei Beträge hier zu bezahlen? Und wenn Sie nicht heute noch eine Teilsumme bezahlen werden, dann muß ich leider pfänden. Verstehen Sie das jetzt vielleicht?"

„Herr Kleinrenz, Sie und ich scheinen leider verschiedene Sprachen zu sprechen. Ich habe große Schwierigkeiten, Sie zu verstehen, obwohl es sich wirklich wie Deutsch anhört."

„Haben Sie Bargeld im Haus, Frau Engelbrecht?" fragte er jetzt und ignorierte das Vorhergesagte.

„Wie komme ich denn dazu, Ihnen zu sagen, ob und wieviel Geld ich im Haus habe? Also hören Sie mal", meinte Sie empört.

„Ich bin dazu befugt in meiner Ausführung als Gerichtsvollzieher, Sie danach zu fragen. Sollte ich den Eindruck haben, daß die Höhe Ihres Barbestandes ausreichend ist, kann ich es teilweise oder auch ganz pfänden"!

„Kann ich bitte einmal erfahren, was Pfänden überhaupt ist?"

„Pfänden?" wiederholte er fragend und schaute die Frau verdutzt an.

„Wissen Sie das denn wirklich nicht?"

„Also hören Sie mal, was ist das hier? Ein Ratespiel aus dem Fernsehen? Wenn ich es wüßte, dann würde ich Sie ja wohl nicht fragen, oder? Das ist doch ganz klar!"

„Natürlich", log Kleinhenz zurück.

„Also gut, dann erkläre ich es Ihnen mal ganz langsam, ja?"

„Sie brauchen mit mir nicht wie mit einer alten Oma zu reden. Ich bin noch nicht so alt und verstehe Sie ganz gut, glauben Sie mir ruhig."

„Nun, bis jetzt kommt es mir aber so vor, als verstünden Sie kein einziges Wort. Haben Sie das nicht eben selber so gesagt?" dann erklärte er ihr genau, was Pfänden eigentlich bedeutet und fragte schließlich:

„Könnte ich bitte ein Glas Wasser haben? Mein Hals ist plötzlich sehr trocken."

„Möchten Sie Mineralwasser?" fragte die Frau nun freundlich.

„Ach, machen Sie sich keine Umstände. Leitungswasser reicht vollkommen", erwiderte Kleinhenz.

„Ich habe aber kein Leitungswasser. Die Rohre sind seit gestern kaputt."

„Wenn das so ist, dann lassen wir das mit dem Wasser. Ich brauche eigentlich keines."

„Aber warum denn nicht? Ich habe doch Mineralwasser, oder ist Ihnen das etwa nicht gut genug, Herr Kleinrenz?" fragte die Frau empört.

„Doch natürlich, dann bringen Sie mir doch bitte etwas von Ihrem Mineralwasser!"

„Warum denn nicht gleich? Wir hätten uns einiges Reden sparen können."

Sie verließ eilig den Raum und kam dann mit einer Flasche und einem Glas zurück, das sie auf den Tisch stellte. Nun schenkte sie ihm etwas ein, doch es war nur noch ein sehr kleiner Rest, dann sagte sie:

„Oh, ich sehe, daß die Flasche jetzt schon leer ist. Leider war es die letzte, darf es etwas anderes sein? Vielleicht ein kühles Glas Champagner, Dom Perignon? Davon haben wir noch reichlich. Moet Chandon ist leider keiner mehr da."

Er starrte sie nur entgeistert an.

„Oder wollen Sie lieber ein kühles Bier?"

„Um Gottes Willen, doch keinen Alkohol, schon gar nicht um diese Uhrzeit! Wissen Sie denn nicht wie spät es ist?"

„Na ja, gut. Dann eben nicht. Fragen kostet ja nichts. Dann werde ich mir eben ein Gläschen genehmigen."

Bevor er etwas sagen konnte, war sie schon verschwunden und kam tatsächlich kurze Zeit später

mit einer echten Flasche Dom Perignon zurück. Sie hielt sie ihm vor die Nase und sagte:
„Könnten Sie sie bitte öffnen? Mein Mann ist leider momentan nicht da."
Mit grenzenlosem Erstaunen nahm er die Flasche entgegen. Kopfschüttelnd öffnete er sie dann und stellte sie vor der Frau auf den Tisch.

„So, wir müssen jetzt endlich mal anfangen, ich habe heute noch andere Termine, also bitte! Erst einmal müssen wir noch etwas klären. Sie haben ja bereits gesagt, daß Sie keine Kinder haben ...."
„Ja, das habe ich doch schon beantwortet. Ich passe auf den Kleinen hier nur auf."
„Und wieviel Geld bekommen Sie dafür?"
„Ich bekomme gar nichts dafür. Nur ein Dankeschön, und das Essen für das Kind bekomme ich auch gleich mitgeliefert, wenn es hier morgens gebracht wird."
„Aber das ist doch bestimmt eine Art Zusatzverdienst von Ihnen. Niemand paßt ständig umsonst auf ein Kind auf."
„Aber nein, ich bekomme nichts. Ich merke, daß Sie keine Kinder mögen. Habe ich recht?"
„Also hören Sie mal, ich diskutiere doch nicht mit Ihnen darüber, ob ich Kinder mag oder nicht! Ich habe hier etwas ganz anderes zu erledigen. Also nochmal: Wieviel Bargeld haben Sie im Haus? Da sind wir zuletzt stehengeblieben", wieder schaute er auf die Uhr.
„Also, muß ich jetzt wirklich mein Geld vorzeigen?" fragte Frau Engelbrecht unsicher.
„Ja, das müssen Sie, also bitte!"
„Ich werde es aus der Küche holen."

Sie ließ Kleinhenz einige Zeit alleine mit dem Kind zurück, das auf dem Fußboden eingeschlafen war. Endlich kam sie wieder zurück.
„So, hier ist mein Geld."

Sie hielt ihm ein Portemonnaie aus Krokodilleder entgegen. Er konnte erkennen, daß es echt war. Im Geldbeutel befanden sich exakt zehn Euro. Ein Schein. Das war alles. Keine Bankkarten, Scheckkarten, Bilder, Papiere, rein gar nichts.

Obwohl ihm nicht danach zumute war, lachte er jetzt laut auf.

„Was finden Sie denn so komisch? Daß ich nur zehn Euro in meinem Portemonnaie habe? Wollen Sie mich etwa beleidigen?" Die Frau schaute ihn vorwurfsvoll an.

„Ach was, ganz und gar nicht. Nur daß Sie eben so lange in der Küche waren. Wieviel Geld haben Sie denn rausgenommen, bevor Sie wiederkamen? Das ist übrigens nicht erlaubt und kommt einer Straftat gleich. Ich hoffe, Sie wissen das. Also noch einmal: Wieviel?"

„Das ist ja hier wie bei einem Verhör, so wie Sie mit mir reden! Meinen Sie nicht, ich sollte vielleicht meinen Anwalt konsultieren, bevor ich noch etwas sage?" fragte Frau Engelbrecht.

„Aber nein. Wozu denn? Doch nicht wegen mir. Hier geschieht ja nichts, was nicht rechtens ist, da brauchen Sie sich mal keine Sorgen zu machen. Mit mir kann man reden, aber Sie müssen mir schon auch etwas entgegenkommen. Ich glaube einfach nicht, daß Sie nur zehn Euro im Haus haben!"

„Und wieso glauben Sie das nicht, wenn ich fragen darf?" erwiderte die Frau.

Er schaute sich im Zimmer um, bevor er antwortete: „Nun, ganz einfach. Sehen Sie sich einmal um. So lebt gewöhnlich niemand, der nur zehn Euro in seinem Portemonnaie hat. Sie haben ja anscheinend nicht einmal irgendwelche Bankkarten. Wo haben Sie die denn hin?"

„Ich habe nur zehn Euro. Es bleibt dabei. Wenn Sie allerdings möchten, dann hätte ich da noch diverse Pfandflaschen zum Abgeben. Die können Sie alle haben, wenn Sie unbedingt wollen, aber die müssen Sie dann auch selbst zurückbringen."

„Ich möchte Ihre Pfandflaschen nicht. Ich werde Ihnen einfach glauben müssen, daß Sie nicht mehr im Haus haben," meinte er und strich über einige Papiere, die er vorhin dem Aktenkoffer entnommen hatte. Dann schauten sie sich eine Zeitlang schweigend an.

„Und was darf es jetzt sein? Vielleicht doch einen kleinen Schluck Champagner, wenn ich Ihnen schon kein Geld anbieten kann?" sie lächelte, und zum ersten Mal bemerkte der Mann, wie attraktiv diese Frau mit dem kleinen Kind, dem Champagner und den angeblichen zehn Euro, eigentlich war.
„Also gut, wem gehören der Fernseher und die Stereoanlage? Ihnen oder Freunden?" fragte er und wunderte sich über seine eigene Art der Fragestellung.
„Was macht es denn für einen Unterschied, wem diese Sachen gehören? Und überhaupt: Müssen Sie denn wirklich solche intimen Fragen stellen?"
„Oh ja, leider muß ich das. Das ist nun mal mein Beruf. Der Unterschied ist, daß wenn Ihnen diese Gegenstände gehören, ich Sie auch pfänden kann, da Sie ja anscheinend Ihre Schulden momentan nicht einmal teilweise begleichen können. Wenn Sie aber sagen, daß diese Gegenstände nur Leihgaben von Ihren Freunden oder Bekannten und Verwandten sind, dann sind diese für mich sozusagen unantastbar. Das brauche ich dann allerdings schriftlich, verstehen Sie das alles, Frau Engelbrecht?" erklärte er ihr geduldig.

Die Frau nahm einen Schluck Champagner, überlegte einen Moment und strahlte dann:
„Ja, Sie haben Recht. Ich meine, danke, daß Sie es mir jetzt so erklärt haben. Ich habe doch mal etwas verstanden. Ist es nicht seltsam: Sie haben es wohl schon geahnt, all die Sachen von Wert, wie die Anlage, der Fernseher und all die teuren Bilder sind tatsächlich nur Leihgaben von lieben Freunden. Glück dem, der sie

hat. Also ich besitze wirklich nichts von Wert, wenn Sie das beruhigt", sie lachten sich nun beide an.

Er zog jetzt einen Kugelschreiber aus der Innentasche seines Jacketts.

„Dann unterschreiben Sie bitte jetzt, daß ich heute hier war und nichts vorfand, um es zu pfänden. Würden Sie das bitte umgehend tun, Frau Engelbrecht? Ich bin nämlich schon sehr spät dran."

„Aber natürlich, mache ich doch sehr gerne", lächelte die Frau und sah plötzlich sehr jugendlich aus.

„Also gut, Frau Engelbrecht. Das wäre dann also erledigt. Ich muß Sie allerdings warnen: Denken Sie nur nicht, daß Sie Ihre Schulden einfach so vergessen können. Wir haben mit Ihrer Unterschrift heute lediglich erreicht, daß Ihnen die Beträge ausnahmsweise noch einmal gestundet werden. Aber ich schätze, daß Sie das schon verstanden haben, oder nicht? Sie haben jetzt weitere vier Wochen bekommen, aber dann müssen Sie wirklich mit den ersten Rückzahlungen beginnen. Geht das für Sie in Ordnung?"

Ja, das ist gut, lieber Herr Kleinrenz. Haben Sie recht herzlichen Dank. Ich wüßte nicht, was ich ohne Sie getan hätte. Ehrlich." Sie strahlte ihn an.

„Ich bitte Sie, das ist doch nicht der Rede wert. Also, dann werde ich jetzt gehen."

„Ja, einen schönen Tag noch. Ich wünsche Ihnen alles Gute. Vielleicht sehen wir uns ja bald mal wieder."

„Na, das hoffen wir doch wohl lieber nicht, Frau Engelbrecht."

„Wie meinen Sie das denn?" fragte sie plötzlich sehr aufgeregt.

„Oh, bitte verstehen Sie mich nicht falsch, aber wenn ich wieder hierherkäme, dann doch lediglich, um hier doch noch etwas zum Pfänden zu finden. Und das wollen wir doch nicht."

„Ach so," lachte sie. „Da haben Sie natürlich recht."

„Also, machen Sie es gut und vergessen Sie nicht, ab jetzt die Rechnungen zu bezahlen." Er stieg in sein Auto und winkte noch einmal kurz.

Frau Engelbrecht blieb so lange winkend an der Haustür stehen, bis der Gerichtsvollzieher mit seinem Auto verschwunden war, dann lächelte sie wieder und schloß die Eingangstür. Sie blieb unten an der Treppe stehen, die in die erste Etage führte und rief dann laut: „Liebling, Du kannst gleich runterkommen und die Pizza bestellen. Der Typ ist endlich weg. Meine Güte war das anstrengend", rief sie hinauf."

Während sie sich in den Sessel setzte und ein weiteres Glas vom Champagner nahm, rief sie noch einmal nach oben:

„Ach, und bring bitte mein Portemonnaie mit nach unten."

Doppeltes Glück

Kurt Ongers war schon früh wach. Jetzt war es kurz vor sieben. Schnell zog er sich an. Auf Waschen legte er wenig und nur selten wert.

Ein wenig setzte er sich noch zum Nichtstun in sein winzig kleines Wohnzimmer, dann trieb es ihn auch schon hinaus.

Wieder mal in einen verregneten Tag. Ach, wie sehr haßte Ongers solche Tage, wenn alles grau in grau war, dann wünschte er sich immer in südlichere Länder. Solche, die er schon einmal gesehen hatte. Doch heute lag das in weiter Ferne. Nein, heute würde er wieder mal naß werden.

Es goß zwar nicht in Strömen, aber Nässe war noch so genügend vorhanden, daß man sich reichlich darüber aufregen konnte. Am liebsten hätte Kurt Ongers laut geschrien, doch er wollte die anderen Bürger nicht verschrecken, die mit ihm den Gehsteig teilten oder auf den nahen Balkonen ihrer Wohnungen herumhantierten, als wollten sie allen anderen zeigen, wie gut sie selbst vor dem Regen geschützt waren. Ongers wohnte jetzt schon seit acht oder neun Monaten an diesem elenden Ort. Er hatte aufgehört, die Zeit zu zählen, haßte er doch viele Tage und ganz besonders hier.

Doch heute war ein Feiertag, denn heute würde es Stütze geben. Dieser Faktor trieb ihn zu einem schnelleren Schritt, und ganz plötzlich begann der 38-Jährige zu Lächeln. Fast wäre er in ein lautes Lachen ausgebrochen, doch das hätte auch nichts gemacht, gab es doch viele Bekloppte hier in der Gegend. Da paßte sein Lachen genau hin.
Nach etwa zehn Minuten Gehweg kam er jetzt beim hiesigen Postplatz an, oder eigentlich war es der Hauptbahnhofplatz, an dem die große Post lag.
Schnell verschaffte er sich Zutritt zu dem Raum mit dem Geldautomaten. Es war schon ein Gefühl des Luxus, nur mit der Konto-Karte an diesen Ort gelangen zu können. Er tippte den gewünschten Geldbetrag ein und hörte dann das ihm allerliebste Geräusch: das der Geldauszahlung.
Obwohl er um die Bakterien wußte, küßte er nach Erhalt gleich das kleine Bündel Scheine. Zumindest für die Anzahl Tage, die es jetzt reichen würde, würde Kurt Ongers wieder jemand sein, mit dem höchsten aller Gefühle – mitten im Leben zu stehen - auch wenn es zur Zeit nur in diesem elenden Dreckskaff sein konnte.
Er ließ die Scheine in einer schwarzen Brieftasche verschwinden und begab sich dann in das kleine Hauptbahnhofgebäude. Es erinnerte ihn manchmal

sogar etwas an die großen europäischen Bahnhöfe, die er schon gesehen hatte. Aber hier und heute schien ihm das wie in einer fernen Zeit gelegen.

Wann immer es Geld gab, trieb es Ongers zuerst hierher. Am Kiosk kaufte er wie üblich ein Wasser und einen Cappuccino, dann ging er in die nahe Spielothek, die ein kleines Internetcafe hatte, denn zu Hause hatte er diesen Luxus nicht. Dort angekommen, sah er sich dann die unterschiedlichsten Sachen im Computer an. Oft auch Reisefirmen und ihre vielfältigen Angebote, und sofort begann er wieder zu träumen.

Nachdem er den Computer mit zwei bis drei Euro gefüttert hatte, trat er den Heimweg an. Auch an diesem Tag.
Die Leute, die ihm begegneten, mußte er nicht grüßen. Man kannte sich nicht. Sonst hätte Ongers diese Anonymität gefallen – hier störte sie ihn. Jeder war ausschließlich nur mit sich selbst beschäftigt.

Vom Bahnhof bis zu seiner kleinen Wohnung, an die hundert identische angrenzten, waren es nur zehn Minuten Gehweg, dann war der Mann zu Hause.
Er beschloß, Kaffee zu machen und wollte gerade Wasser in das Gerät füllen, da faßte er instinktiv nach seiner Brieftasche. Zu seinem großen Erstaunen konnte er sie aber nicht fühlen. Er stellte die Kanne auf den Herd und begann nun, mit zwei Händen wie wild in seiner Hose zu suchen. Aber es half nichts. So sehr er auch suchte, die Brieftasche blieb unauffindbar.
Ongers schrie nun lauft auf. Sofort verließ er die Wohnung und begann zum ersten mal seit vielen Jahren zu rennen.
Er war keine drei Minuten gelaufen, da fühlte er sich auch schon völlig erschöpft. Da sah er sie schon von weitem: Sie lag auf dem Fußweg und schien ihm riesig zu sein. Doch was war das? Ongers schaute entsetzt:

Ein Mann lief geradewegs auf sie zu. Er hatte höchstens noch fünf Meter zuückzulegen, Ongers noch zwanzig.

Ongers sah den gierigen Blick des Fremden.

„Halt! Sie, das ist meine!" schrie er so laut, daß er sich selbst nicht wieder erkannte. Gerade hatte sich der andere Mann jetzt nach ihr bücken wollen. Er richtete sich wieder auf und schaute sein Gegenüber erschrocken an:

„Sind Sie sicher?" fragte er dann.

„Aber natürlich bin ich sicher. Ich habe sie eben auf dem Nachhauseweg verloren. Da ist mein ganzes Hartz IV drin", erwiderte Ongers.

„Gut, aber dann muß ich mindestens einen Finderlohn bekommen. Ich habe sie ja als erster gesehen!" sagte der andere kämpferisch.

„Ach, i wo denn. Ich teile keinen Cent mit ihnen. Das gehört alles mir, und jetzt verschwinden Sie endlich", sagte der glückliche Finder. Dann lief er an dem fassungslosen Fremden vorbei, um noch einmal zum Hauptbahnhof zu gehen. Der andere pöbelte ihm noch etwas hinterher, aber das konnte er schon nicht mehr hören.

Diesmal hatte er die Brieftasche in die vordere Hosentasche getan. So war er sich sicher, sie nicht noch ein weiteres mal zu verlieren.

Das mußte gefeiert werden. Er würde sich auf eine echte Schachtel Zigaretten einladen statt der ewigen Dreherei. „Aber erst gehe ich noch mal ins Internetcafe – und diesmal für eine volle Stunde", dachte er glücklich.

Kaum hatte er sich gesetzt, kam die Bedienung der Spielothek zu ihm, die er vage vom Sehen kannte.

„Ach, gut, daß Sie wieder da sind. Ich habe was für Sie", sagte die Frau und war gleich wieder verschwunden. Ongers sah ihr nach und verstand nicht, was sie von ihm wollen konnte.

Sofort kam sie wieder und hielt ihm eine schwarze Brieftasche entgegen: „Die haben zwei Mädchen vorhin für Sie abgegeben. Ich habe auf meinem Monitor gesehen, daß Sie neben ihnen saßen."
Ongers sah erst auf die Frau und dann entsetzt auf die Brieftasche. Als er sich etwas erholt hatte, meinte er: „Warten Sie, ich geben Ihnen einen kleinen Finderlohn".
Vorhang auf!

Dort war das Theater, genau auf der anderen Straßenseite. Vor den Eingängen hatten sich lange Schlangen gebildet. Er hatte keine Karte. Er wollte auch keine an der Abendkasse kaufen, an der er gerade vorbeilief. Er würde für die Aufführung nichts bezahlen. Jetzt sah er auf seine Uhr. Noch eine Stunde bis zur Aufführung. Sein Blick fiel auf das große bunte Plakat mit den Gesichtern der Darsteller.

Er bahnte sich einen Weg durch die Menschenmenge. In einiger Entfernung waren die Kassen, vor denen sich zwei lange Reihen gebildet hatten. Daneben befanden sich drei Treppenaufgänge, die zu dem großen Foyer führten. An allen Eingängen standen uniformierte Mitarbeiter des Theaters, die sich die Eintrittskarten zeigen ließen. Erst dann konnten die Leute passieren. Einige Zeit stand er an eine Säule gelehnt und beobachtete das eifrige Treiben. Erneut schaute er auf seine Uhr. Nur noch fünfzig Minuten bis zur Aufführung. Er lag in der Zeit. Langsam stellte er sich in eine der drei Reihen, die sich nur langsam weiterbewegte. Er fiel nicht auf. Er trug erlesene Kleidung und einen elegant geschnittenen Hut.
„Ihre Eintrittskarte, bitte", sagte ein Mann höflich zu ihm.
„Ich habe keine. Ich brauche auch keine."
Der Mann sah ihn erstaunt an, dann sagte er:
„Ja, dann können Sie aber nicht in die Vorstellung. Das tut mir leid."

„Oh, doch, das kann ich", sagte der Mann mit dem Hut freundlich aber bestimmt. "Ich bin der Besitzer dieses Hauses."

Der Ticketkontrolleur schaute seinen Kollegen jetzt skeptisch an, dann fragte er:
„Was? Sie wollen der Besitzer dieses Hauses sein? Aber das geht doch gar nicht. Dies hier ist doch eine städtische Bühne."
„Jetzt hören Sie mal, die Stadt hat vor sieben Jahren das Gebäude von mir gekauft und es bis zum heutigen Tage noch nicht restlos bezahlt. Also gehört es somit offiziell immer noch mir. Das können Sie doch wohl verstehen, oder nicht?"

Die beiden Theaterangestellten schauten sich fragend an. Inzwischen drängten schon einige ungeduldige Theatergäste an ihnen vorbei.
„Darf ich erst mal fragen, wie Sie eigentlich heißen?" fragte jetzt der jüngere der beiden.
„Junger Mann", sagte der vermeintliche Theaterbesitzer, "mein Name tut hier nichts zur Sache. Ich könnte Ihnen ja irgendeinen x-beliebigen nennen. Ich habe Sie ja auch nicht gefragt, wie Sie heißen, obwohl Sie in meinem Haus – und es ist ja, wie bereits gesagt, noch mein Haus – obwohl Sie in meinem Haus meine Gäste kontrollieren; Denn es sind ja eigentlich meine Gäste. Die Stadt zahlt mir immer noch Miete. Wie lange wollen Sie mich hier eigentlich noch warten lassen, bevor ich endlich einen Platz zugewiesen bekomme? Die Vorstellung wird gleich beginnen, und ich möchte keine Minute davon versäumen. Nebenbei gesagt, ich möchte nicht wissen, wieviele Personen eben ohne gültige Eintrittskarte an Ihnen vorbeigekommen sind."

Man konnte den beiden Männern vor ihm jetzt deutlich ihre große Nervosität anmerken. Dann sagte einer der beiden:

„Aber ich verstehe ehrlich gesagt nicht, warum Sie dann keine freie Eintrittskarte haben, wenn Sie doch der eigentliche Besitzer dieses Theaters sind."

Nun lächelte der Theaterbesitzer und meinte:

„Dann verstehen Sie also wirklich nichts. Bezahlen Sie etwa Miete in Ihrem eigenen Haus? Zahlen Sie Leihgebühr für Ihr eigenes Auto? Ich habe freien Eintritt auf Lebenszeit und brauche deswegen auch nie eine Karte dabei zu haben. Wenn Sie jetzt von mir verlangen, meinen Ausweis vorzuzeigen, finde ich das sehr entwürdigend. Möchten Sie wirklich, daß ich Ihnen den jetzt auch noch zeige? In meinem eigenen Haus? Noch dazu, wo sie seit einer Viertelstunde wildfremde Menschen von der Straße an uns vorbeiziehen lassen?"

Der jüngere Mann schaute ihn verständnislos an, als suche er in seinem Gesicht nach einer Lösung. Er fand jedoch keine.

„Einen Augenblick bitte", sagte er jetzt, trat dann einen halben Schritt zurück und zog ein kleines Funkgerät heraus.

„Herr Petersen, hier ist Burger. Bitte kommen Sie schnell mal vor zum Eingang B. Wir haben hier ein kleines Problem." Jetzt fing Burger an zu flüstern. Nach kurzer Zeit wandte er sich wieder den beiden anderen zu. Er schien sehr angespannt zu sein.

„Mein Vorgesetzter hat momentan keine Zeit. Es gibt Schwierigkeiten mit den Notausgängen. Bitte nehmen Sie doch noch einen Moment dort drüben auf einem der Sessel Platz. Ich werde Ihnen inzwischen etwas zu trinken bringen."

„Hören Sie junger Mann, ich habe weder vor mich auf einen der Sessel dort drüben zu setzen, noch möchte ich irgendetwas trinken, dazu ist schließlich die Pause da. Ich möchte lediglich das Stück sehen. Entweder Sie lassen mir jetzt sofort einen Platz zuweisen oder ich werde dafür sorgen, daß Sie beide und Herr Petersen sich ab heute abend nach einer neuen Anstellung umsehen müssen. Mir reicht's jetzt!"

Burger sah verzweifelt aus, dann drehte er sich auf einmal zu seinem Kollegen:
„Michael, du bleibst hier. Wenn Herr Petersen kommt, dann sage ihm einfach, daß ich gleich wieder zurück bin." Damit gab er Michael das Funkgerät in die Hand und wandte sich dem unliebsamen Gast zu.
„Kommen Sie bitte mit. Ich werde schauen, was ich für Sie tun kann."
„Das ist sehr liebenswürdig", sagte der Unbekannte, nickte Michael kurz zu und war dann schnell mit Burger hinter einer Tür verschwunden.

Als sie durch den Gang liefen, fragte Burger plötzlich:
"Wo sitzen Sie für gewöhnlich?"
„Eine, höchstens zwei Logen neben der des Bürgermeisters."
Sie nahmen eine Treppe vorbei an zwei Platzanweisern, die Burger zunickten, dann liefen sie eine weitere Treppe hinauf.
Nun waren sie in einem schmalen Gang angekommen. Alle drei Meter gab es auf der linken Seite eine Tür. Es herrschte absolute Stille.
„Bitte Herr …", er schaute den Theaterbesitzer erwartungsvoll an, doch als keine Antwort kam sagte er nur schnell:
„Warten Sie bitte einen Augenblick."

Kurze Zeit später kam er zurück.
„Es tut mir fürchterlich leid, aber alle Logen sind schon besetzt, Ich habe keinen freien Platz mehr finden können. Wie wäre es gleich neben dem Theatergraben? Dort spürt man doch noch viel mehr

die Nähe der Schauspieler und sieht sie auch sehr viel besser."

„Ja, das weiß ich", sagte der andere freundlich . „Aber Sie scheinen mich vorhin nicht ganz richtig verstanden zu haben. Ich sitze immer in einer Loge. Immer. Ich werde weder in der Nähe des Theatergrabens sitzen noch irgendwo anders. Was ist mit der Loge des Bürgermeisters?" er schaute Burger an, aus dessen Gesicht man jetzt das blanke Entsetzen ablesen konnte.

„A … a… aber …", stotterte Burger. "Das geht doch nicht. Außerdem sagte mir eben sein Sekretär, daß der Herr Bürgermeister Verspätung haben wird, somit könnten wir ihn nicht einmal fragen."

„Aber natürlich geht das. Ich kann Sie außerdem beruhigen, ich kenne unseren Bürgermeister schon seit vielen Jahren. Ich kannte ihn schon lange vor seiner Ernennung. Also, was ist nun? Schauen Sie!" Er hielt Burger seine Uhr entgegen. „Noch acht Minuten bis zur Vorstellung."

„Na gut", sagte Burger in die Enge getrieben. „Kommen Sie mit. Sie sagen ja selbst, daß Sie den Bürgermeister kennen."

Burger lief mit dem Mann, der direkt hinter ihm blieb, an mehreren Logen vorbei. Vor einer blieb er schließlich zögernd stehen.

„Das ist sie", sagte er mit einem Flüstern, das völlig überflüssig war, denn man hätte in diesen Gängen auch schreien können und wäre kaum hörbar gewesen. Dann fuhr Burger fort: „Brauchen Sie mich noch?"

„Ja, aber natürlich. Sie werden mich doch dem Sekretär vorstellen müssen. Sie wissen ja, unser Bürgermeister hat mehrere und alle kenne ich ja auch nicht."

„Ich glaube, der Herr heißt Kleinlein", sagte Burger leise.

"Na gut, dann machen Sie mich also bitte jetzt mit Herrn Kleinlein bekannt."

„Wie war noch gleich Ihr Name?" fragte Burger.

„Also bitte, Sie wissen doch inzwischen wer ich bin. Worauf warten Sie denn noch?"

Jetzt klopfte Burger an die Tür und öffnete sie so weit, daß er gerade seinen Kopf hindurchschieben konnte, dann sagte er:

„Herr Kleinlein, darf ich Ihnen vorstellen: Dieser Herr hier ist der Besitzer dieses Theaters. Für gewöhnlich hat er natürlich seine eigene Loge, nur heute gab es leider ein kleines Mißverständnis, so daß kein Platz reserviert wurde. Das ist uns natürlich sehr peinlich. Daher nun meine Bitte an Sie, Herr Kleinlein: Wäre es möglich, daß der Herr in Ihrer Loge der Aufführung beiwohnt? Der Herr kennt den Herrn Bürgermeister bereits."

„Ja, aber natürlich", antwortete Herr Kleinlein freundlich. „Wir werden zwar etwas zusammenrücken müssen, da Herr Scheinfeld mit seiner Familie kommen wird, aber es wird sicherlich gehen."

Dann sagte er: „Ich heiße Kleinlein, erster Sekretär des Bürgermeisters. Mit wem habe ich das Vergnügen?"

Der Unbekannte ignorierte die Frage einfach und sagte stattdessen: „Burger, bringen Sie doch bitte noch zwei bis drei Stühle", und dann zu Kleinlein gewandt: „Das Vergnügen liegt ganz auf meiner Seite."

In diesem Moment erhob sich der Vorhang und die Akteure kamen zum Vorschein.

Burger zuckte mit den Schultern und verließ die Loge. Wenige Minuten später erschien er wieder in der Begleitung eines jungen Mannes, der ihm half die Stühle in der Loge unterzubringen. Kleinlein drehte sich kurz um und sagte zu ihm:

„Lassen Sie uns bitte eine Flasche Champagner bringen. Sie mögen doch sicherlich Champagner, Herr …"

„Nennen Sie mich doch einfach Andre."

„Ach ja, gerne. Ich bin Kurt", erwiderte Kleinlein erfreut.

Als Burger wiederkam, hatte er einen Champagnerkelch nebst einer Flasche und zwei Gläsern dabei. Er wandte sich leise an den Theaterbesitzer und sagte zu ihm:
„Entschuldigen Sie bitte, Herr, Herr …" da er erneut keine Antwort bekam, fuhr er fort:
„Mein Chef, Herr Petersen, würde Sie gerne einmal kurz sprechen. Er wartet vor der Loge."
„Ach, sagen Sie Herrn Petersen doch bitte, daß das alles Zeit hat bis nach der Vorstellung. Er will uns doch sicherlich nicht den ersten Akt verderben. Vielen Dank".
Damit entließ der Theaterbesitzer ihn einfach.
Burger schaute zwar erstaunt doch er verließ die Loge, ohne ein weiteres Wort zu verlieren.

Kurz vor Ende des ersten Aktes öffnete sich die Tür und der Bürgermeister erschien mit seiner Frau und ihren beiden Kindern. Die beiden Männer erhoben sich von ihren Plätzen, dann sagte Kleinlein: „Dieter, darf ich dir Andre vorstellen, den du wahrscheinlich vom Sehen her schon kennst."
„Freut mich sehr", sagte der Bürgermeister und musterte ihn aufmerksam.
Der Theaterbesitzer wandte sich nun der Frau zu:
„Gnädige Frau, es ist mir ein großes Vergnügen, Sie kennenlernen zu dürfen."
Frau Scheinfeld schien sehr angetan. Sie war eine schöne Frau.

„Woher kennen wir uns?" fragte Herr Scheinfeld auf einmal.
„Wohl aus diesem Theater", antwortete der Theaterbesitzer selbstbewußt. „Ich bin der Besitzer."
„Der Besitzer!" wiederholte der Bürgermeister, und wie er es sagte, schien es mehr eine Frage zu sein. Doch dieser ignorierte es und erwiderte stattdessen: „Bitte nehmen Sie doch endlich Platz. Leider haben Sie

schon viel versäumt, aber Kurt und ich werden versuchen, Sie auf dem Laufenden zu halten."
Die Familie setzte sich und der Bürgermeister sagte: „Kurt, woher kennt ihr euch?"
„Wir wurden uns vorhin bekannt gemacht, und da Andre durch einen Irrtum seinen eigenen Logenplatz verloren hat, bot ich ihm einen in unserer Loge an. Ich hoffe doch, daß es euch recht ist!"
„Aber natürlich", antwortete der Bürgermeister jetzt zögernd. Seine Frau nickte lächelnd. Er schien noch etwas sagen zu wollen, ließ es aber dann bleiben.

Der Theaterbesitzer griff sich in die Jackentasche und brachte eine Tafel Schokolade zum Vorschein, die er den Kindern hinhielt.
„Sie dürfen doch hoffentlich?" Er schaute die Eltern an.
„Dürfen wir?" fragte jetzt auch der Junge. Frau Scheinfeld nickte erneut, lächelte wieder und sagte: „Na gut, ihr hattet ja heute noch keine."
Die Kinder bedankten sich herzlich, und binnen kürzester Zeit war die Schokolade verschwunden.
Da die Scheinfelds auch Champagner wollten, wurden noch zwei weitere Gläser und eine Flasche Champagner gebracht.
Plötzlich sagte der Bürgermeister aus heiterem Himmel: „Ich dachte immer dieses Theater gehört der Stadt."
„Ja, da sehen Sie mal, wie man sich täuschen kann! Die Stadt hat mich immer noch nicht ganz bezahlt."
„Wie kommt es, daß ich davon gar nichts weiß, Kurt?" sagte der Bürgermeister vorwurfsvoll.
„Ich werde mich gleich am Montag mit der Sache befassen", sagte Kurt.
„Es ist ein sehr schönes Gebäude. Wie alt ist es eigentlich?" wollte Frau Scheinfeld jetzt vom Theaterbesitzer wissen.
„Etwa dreihundert Jahre", antwortete dieser.
„Ich dachte es wäre im Jugendstil erbaut worden?" meinte sie.

"Nein, nein. Das andere wurde erst später alles hinzugefügt, als das Haus neu renoviert wurde."
„Ach so", Frau Scheinfeld schien zufrieden.

Nach weiteren zwanzig Minuten schloß sich der Vorhang zur Pause.
„Kann ich dich auf ein Bier einladen?" fragte Kurt und schaute seinen neuen Freund fragend an.
„Gerne."
„Möchte uns jemand begleiten?" fragte er.
Die Scheinfelds schauten sich an, dann meinte Frau Scheinfeld: „Würdest du die Kinder mitnehmen, Kurt. Dann können sie sich etwas bewegen." Sie sah auf die Uhr.
„Aber natürlich, Christina. Das ist doch kein Problem."
Kurt und das Mädchen gingen voran, als der Junge den Theaterbesitzer plötzlich fragte: "Haben Sie eigentlich noch einen Zwillingsbruder?"
Der schaute ihn erstaunt an. "Nein, das habe ich nicht. Warum denn?"
„Irgendwo habe ich Sie nämlich schon öfters mal gesehen", kam die Antwort.
„Aber woher willst du mich denn kennen?" fragte er den Jungen dann.
„Das fällt mir schon noch ein", meinte dieser.
„Wie heißen Sie eigentlich mit Nachnamen?"
„Ich?" fragte Andre erstaunt.
„Wer denn sonst?" erwiderte der Junge.
„Bauer."
„Bauer?" wiederholte der Junge nachdenklich.
„Bauer", sagte er noch einmal laut.

Schließlich war die Pause vorbei und sie hatten die Loge wieder erreicht.
Im letzten Akt wurde wenig gesprochen. Die Vorführung war sehr spannend. Selbst die Kinder schienen jetzt interessiert. Einmal telefonierte Kleinlein kurz. Das Stück war zu Ende. Es gab tosenden Applaus. Der

Bürgermeister hatte sich als erstes erhoben. Dann drehte er sich zu Bauer, der jetzt ebenfalls stand. „Möchten Sie mit uns noch eine Kleinigkeit Essen gehen?"

„Er möchte", sagte der Junge enthusiastisch. Seine Mutter schaute ihn vorwurfsvoll an, dann sagte sie: „Sebastian, sei doch nicht so vorlaut."

„Also, möchten Sie uns jetzt begleiten?" wiederholte der Bürgermeister zuvorkommend.

„Warum nicht", antwortete Bauer zögernd, dann fügte er hinzu: „Das ist wirklich sehr freundlich von Ihnen. Sehr gerne" während er die Bürgermeisterfrau bei seinen letzten Worten anlächelte. Sie erwiderte seinen Blick.

„Dann laßt uns gehen. Joachim, Sie bringen bitte die Kinder jetzt nach Hause", sagte sie zu einem jungen Mann, der plötzlich an der Tür erschienen war.

Als die drei verschwunden waren, fragte der Bürgermeister:

„Haben wir alles?"

„Ja", erwiderte Kleinlein, während er sich sein Telefon in eine der Brusttaschen steckte. Langsam liefen die vier durch den ersten Flur.

„Kurt, ich möchte dich Montag morgen gleich einmal sprechen, ja? Bitte vergiß es nicht. Gleich um acht Uhr dreißig", sagte der Bürgermeister.

„Ja, natürlich", erwiderte dieser sofort. Kurze Zeit später betraten sie die große Halle. Viele der verbleibenden Theaterbesucher erkannten den Bürgermeister. Interessiert schauten sie zu der kleinen Gruppe. Dort hinten bei der Garderobe, gleich neben den Kassen, standen Burger und ein Herr, der wohl Petersen war.

„Sie lassen wirklich nicht locker", dachte Bauer. Alle paar Meter blieb der Bürgermeister jetzt stehen, da verschiedene Leute ihn ansprachen. Kleinlein drängte zur Eile. Bald waren sie am Ausgang angekommen. Burger hatte sie fest im Visier, doch er und Petersen schienen beschlossen zu haben, die Sache auf sich beruhen zu lassen, denn sie ließen ihn wortlos passieren.

Während sie draußen darauf warteten, daß Kleinlein den Wagen holte, sagte Frau Scheinfeld plötzlich: „Mein Sohn sagte vorhin, er würde Sie kennen. Stimmt das?"
„Er muß sich täuschen, Frau Scheinfeld. Ich habe ein Allerweltsgesicht. Ich habe jedenfalls Ihren Sohn bis heute Abend noch niemals vorher gesehen."
Kurt kam mit einem dunkelblauen Jaguar bis vor die Tür gefahren, und alle stiegen schnell ein, denn es hatte zu regnen angefangen. Der Wagen setzte sich sofort in Bewegung.
Sobald das Fahrzeug die Theaterausfahrt verlassen hatte, setzte es sich hinter einen schweren BMW, der die ganze Fahrt über vor ihnen bleiben sollte. Es waren Leibwächter.
Sie hatten die Innenstadt bereits passiert. Im Auto wurde kaum gesprochen.
„Ich habe den anderen gesagt, wir fahren ins Becks, richtig?" fragte Kleinlein.
„Ja, wie immer", sagte der Bürgermeister.
Es war ein Erste-Klasse-Restaurant in einem der vornehmsten Vororte der Stadt. Die Fahrzeuge hielten auf einem Parkplatz im Hinterhof.
Nun betrat die Gruppe den Hintereingang des Restaurants. Die Stimmung am Tisch blieb den ganzen Abend sehr ausgelassen, und es wurde viel gelacht. Man diskutierte eifrig über das eben gesehene Theaterstück, und Bauer wurde oft um seinen beruflichen Rat gefragt. Er und Frau Scheinfeld flirteten sogar dezent miteinander. Ihr Mann schien es entweder nicht zu bemerken, oder er ignorierte es einfach.

Irgendwann sah Scheinfeld auf seine Uhr und sagte:

„Es tut mir sehr leid, aber wir müssen morgen schon um sechs Uhr aufstehen. Die Kirche ruft. Manchmal scheint es so, als gäbe es nur Pflichten", seufzte er.

„Ja Liebling, laß uns aufbrechen. Es ist spät geworden, meine Herren", Frau Scheinfeld schaute Kleinlein und Bauer entschuldigend an. Die beiden Männer hatten sich jetzt erhoben, und Kleinlein sagte:

„Natürlich, das ist doch verständlich. Dann kommt mal gut heim. Wir sehen uns dann am Montag, Dieter."

„Ja, kommen Sie gut heim. Und nochmals vielen Dank für diesen wunderbaren Abend", fügte Bauer hinzu.

„Wir müssen uns bald mal wiedersehen, Andre", schlug Scheinfeld jetzt vor.

„Ja, das müssen wir wirklich. Ich habe ja Kurts Telefonnummer."

„Ich kümmere mich jetzt erst mal um die Rechnung. Ihr seid natürlich alle eingeladen", meinte der Bürgermeister jetzt.

Niemand bemerkte die Erleichterung, die Bauer plötzlich überkam.

Als die andern beiden schließlich allein waren, fragte Kleinlein:

„Nun Andre, es ist kurz nach Mitternacht. Wollen wir noch irgendwo etwas trinken gehen?"

„Ach, ich habe morgen auch einen langen Tag vor mir. Die Familie hat Großes vor", erwiderte Bauer entschuldigend. Kleinlein konnte nicht ahnen, daß das nur eine Lüge war. Bauer hatte gar keine Familie, aber dies war seine gängige Entschuldigung.

„Ach so, ja, natürlich", meinte Kleinlein. „Kann ich dich dann irgendwo ablassen? Oder was sag ich denn da? Ich fahr dich natürlich nach Hause."

„Nein, das ist nicht nötig", sagte Bauer plötzlich erschrocken. Er wollte nicht, daß Kleinlein sein Mietshaus sehen würde. Nicht einmal seine Straße sollte er zu Gesicht bekommen.

„Es wäre nett, Kurt, wenn du mich nach Hochheim an die Bushaltestelle fahren würdest. Von dort ist es nur noch ein kleines Stück zu laufen."

Hochheim trennte die armen Viertel vom Geld. Und Kleinlein mußte annehmen, daß er in irgendeiner der großen, nahegelegenen Villen wohnte.
„Gerne. Dann laß uns jetzt fahren."
Wenige Minuten später war der Jaguar wieder auf der mittlerweile einsamen Straße.
Es wurde lange nichts gesprochen. Dann sagte Kleinlein: „Es ist jetzt spät geworden. Möchtest du wirklich nicht, daß ich dich direkt nach Hause fahre? Es regnet schon wieder."
„Danke, das ist sehr nett von dir, aber es ist nicht nötig.".
Die Straßen waren wie ausgestorben, daher kamen sie schnell vorwärts.
Mit achtzig Stundenkilometern in der Innenstadt überholte Kleinlein einen Polizeiwagen.
„Freunde", sagte er kurz. Schnell hatten die beiden Männer Hochheim erreicht.
Bauer dirigierte seinen Freund zu der erwähnten Bushaltestelle, von der er jeden Morgen um sechs Uhr dreißig zur Arbeit fuhr. Der Wagen hielt.
„Nun", Kleinlein schaute Bauer fragend an. "Du hast meine Karte Andre. Also ruf mich mal an, dann machen wir was aus."
„Ja, ich habe sie hier", er zeigte auf seine Jackentasche. „Danke für alles, Kurt", dann stieg er aus und warf die Tür zu.
Einen Moment später stand Bauer alleine an der einsamen Haltestelle.
Lange blieb er, gegen einen Mülleimer gelehnt, stehen.

Am Montag rollte er seinen grauen Kittel zusammen, steckte die Thermoskanne ein, schaute noch einmal die

Karte Kleinleins an und fuhr von der Bushaltestelle zu seiner Arbeit.

Dort angekommen zog er den Kittel an, schloß alle Türen auf, stellte die Müllkörbe an ihren Platz, mit Beinen so schwer, wie nie zuvor. Während der nächsten Stunde belegte er mehr als einhundert Brötchen und sortierte Getränke. Pünktlich um neun Uhr dreißig hörte er, wie schon seit so vielen Jahren, die Schulglocke. Wenige Momente später hatte sich eine schreiende Horde Kinder vor seinem Verkaufsstand gebildet.

„Einen Schokoriegel, einen Kakao und zwei belegte Brötchen", immer dasselbe. Tagein, tagaus. Aber es war ein Zubrot.

Der nächste.

„Eine Theaterkarte und eine Flasche Champagner", er schaute in das lachende Gesicht von Sebastian.

„Ich wußte doch, daß wir uns kennen", lachte er.

Einmal hin und zurück

Langsam kam der Zug zum Stehen. Die dreizehn Waggons brauchten schließlich ihre Zeit, um zum Halten zu kommen. Der Bahnhof schien noch zu schlafen. Nur wenige Menschen waren an den Bahnsteigen zu sehen. Es war ein kleiner, deprimierender Bahnhof, einer wie es unendlich viele gibt. Sogar der Kiosk war noch geschlossen, jetzt, kurz vor sechs.

Der Himmel war wolkenverhangen. Jetzt tröpfelte es schon. Auch die Menschen im Zug schienen zu schlafen. Bis auf das Brummen der Motoren und hier und da einige Geräusche, war es noch völlig still. Nun öffnete sich eine der Waggon-Türen.

Heinz Wagner, der Schaffner dieses Zuges, betrat das Bahngleis drei, das letzte dieses Bahnhofs. Er schaute vor und zurück. Sein Blick hatte etwas Gelangweiltes. Es war die Monotonie, immer wieder auf dasselbe achten zu müssen. Tagein, tagaus. Doch dies war sein Beruf. Es störte ihn wenig, daß es jetzt richtig vom Himmel herunterprasselte und er nur in Hemd und Krawatte dastand. Ein eisiger Wind wehte.

Wagner schaute auf seine Armbanduhr, um sie mit der des Bahnhofs zu vergleichen. Eine dieser beiden Uhren mußte falsch gehen. Sie differierten um eine Minute. Doch war es in diesem elenden kleinen Bahnhof nicht fast schon egal, ob nun der Zug eine Minute früher oder später wieder abfahren würde? Er überlegte. Ein paar Meter weiter sah er den Zugführer, der schon nervös durch den Regen herüberschaute, um sein Abfahrtssignal nicht zu übersehen; denn diese Entscheidung lag bei Wagner.

Gerade wollte er seine silberne Pfeife benutzen, als ihn die Routine seines Berufs noch einmal zum Eingang blicken ließ. Dort sah er nun einen Mann in den Bahnhof laufen, der aufgeregt zum Zug herüberschaute. Obwohl er einen offensichtlich schweren Koffer bei sich trug, fing er jetzt noch schneller an zu rennen. Er wählte den kürzesten Weg:

gleich über die beiden leerstehenden Bahngleise. Nach wenigen Metern fing er an zu rufen:
„Halt! Warten Sie auf mich! Halt!"
Der Zugführer schaute jetzt wieder zu Wagner. Auch er hatte den Mann also gesehen, der den Zug mittlerweile fast erreicht hatte.
„Danke. Vielen Dank", sagte er ganz außer Atem, und schaute so, als hätte Heinz Wagner ihm eben hundert Jahre Leben geschenkt.
„Sie brauchen sich bei mir nicht zu bedanken. Sie sind wahrscheinlich pünktlich. Eine der beiden Uhren geht falsch. Es wird wohl meine sein."
„Ich habe es auf jeden Fall geschafft. Das ist das einzige was für mich in diesem Augenblick zählt."
Ein langer Pfiff ertönte. Wagner hob seine Hand und der Zug fing an zu rollen.
Er schaute jetzt zu dem neuen Fahrgast, der gerade damit beschäftigt war, seinen Koffer im ersten Abteil unterzubringen. Außer den beiden Männern waren nur ein paar vereinzelte Leute zu sehen.

„Darf ich jetzt bitte mal ihre Fahrkarte sehen?"
„Die hat meine Frau. Sie muß sich hier irgendwo mit unserem Sohn aufhalten. Haben Sie vielleicht ein Verzeichnis über die Fahrgäste?"
„Wie heißt denn Ihre Frau? Wurden die Karten reserviert? Ich hoffe, wir können Sie finden!"
„Sie heißt Bergmann. Sabrina Bergmann. Und unser Sohn heißt Marcel", sagte der Mann.
Wagner griff sich in die Innentasche seiner Uniformjacke und holte einen großen Zettel hervor.
„Dann wollen wir mal schauen."
Er ging die Liste mit den reservierten Plätzen durch. Nach einiger Zeit schaute er auf: "Tut mir leid, ich kann Ihre Frau und Ihren Sohn nicht finden. Sind Sie sich denn sicher, ob gebucht worden ist?"
„Nein, das weiß ich leider nicht. Ich muß sie aber unbedingt finden."

Es hörte sich wie eine Drohung an. Wagner war erstaunt, daß Bergmann das so betonen mußte. War es nicht eigentlich selbstverständlich, daß der Mann seine Frau finden wollte?

„Wohin wollen Sie denn überhaupt fahren?", fragte Wagner jetzt.

Bergmann schien einen Augenblick überlegen zu müssen.

„Ja sehen Sie, das ist ja mein Problem. Ich weiß es selber nicht. Ich müßte erst einmal meine Frau fragen."

Wagner wunderte sich jetzt etwas. Ein wenig merkwürdig war es schon.

Nach einer kurzen Pause fuhr er fort: „Es war ausgemacht, daß meine Frau und ich uns hier in diesem Zug treffen würden. Ich weiß nicht, ob sie direkt nach Rom zu ihrer Familie fahren möchte."

„Ach, ist Ihre Frau Italienierin?" wollte Wagner wissen.

Bergmann nickte.

„Es tut mir leid", meinte der Schaffner jetzt, aber dann brauchen Sie erst einmal eine vorläufige Fahrkarte. Sollte Ihre Frau bereits für Sie bezahlt haben, dann wird Ihnen das Geld natürlich wieder erstattet."

Bergmann schien den Mann in der Schaffneruniform nicht gehört zu haben. Er schaute wie gebannt aus dem Fenster, doch dann griff er sich auf einmal in die Brusttasche und zog eine Brieftasche heraus.

„Wieviel?" fragte er ohne aufzuschauen.

„Bis wohin wollen Sie denn fahren?"

„Na dann eben bis Rom", kam die gereizte Antwort. Bergmann zog ein großes Bündel mit Hundert-Euroscheinen heraus und zahlte Wagner den genannten Preis.

„Bitte sehr. Einmal hin und zurück. Ihre Fahrkarte. Und wie vorhin schon erwähnt: Sobald Sie Ihre Frau gefunden haben, nehme ich die Fahrkarte natürlich wieder zurück", sagte Wagner.

Plötzlich gab es ein lautes Geräusch und die Bremsen des Zuges setzten ein.

„So, ich muß jetzt leider gehen, Herr Bergmann. Ich bin sicher, Sie werden Ihre Frau bald finden", sagte Wagner und lief durch den Gang davon.

Langsam kam Leben in den Zug, die meisten der Fahrgäste waren jetzt wach. Ein paar kleine Kinder rannten die Gänge pausenlos auf und ab. Wagner schaute auf seine Uhr. Schon fünf Minuten nach acht. Lang würde es nicht mehr dauern, etwa eine Stunde noch, dann würden die österreichischen Kollegen übernehmen.

Einige Waggons weiter unten traf Wagner erneut auf Bergmann

„Na, haben Sie Ihre Frau inzwischen gefunden?" rief Wagner zu ihm herüber.

Bergmann schüttelte den Kopf, dann lief er davon.

„Komischer Typ", dachte Wagner bei sich.

„Zeit für einen Kaffee", er schloß die Tür zu seinem Schaffnerabteil auf.

Plötzlich lief an ihm eine etwa dreißigjährige Frau mit langen dunklen Haaren vorbei. Ein etwa achtjähriger Junge war bei ihr. Er schenkte ihr keine große Beachtung, bis er sie plötzlich „Marcel" rufen hörte.

„Entschuldigen Sie bitte!", rief er sie schnell, bevor sie wieder verschwinden konnte.

„Ich habe Ihnen bereits vor mehren Stunden unsere Fahrkarten gezeigt, aber daran können Sie sich sicherlich nicht erinnern. Möchten Sie sie noch einmal sehen?"

„Nein, nein", sagte Wagner lächelnd. „Ich wollte nur wissen, ob Sie vielleicht Frau Bergmann sind. Ihr Mann ist nämlich an der vorletzten Station zugestiegen."

„Mein Mann?" Sie schaute ihn auf einmal voller Entsetzen an. „Wieso ist denn mein Mann hier im Zug? Haben Sie mit ihm gesprochen?"

„Nun ja, er stieg am vorletzten Bahnhof ein und fragte mich, ob Sie und Ihr Sohn schon im Zug wären. Er sagte außerdem, daß er Sie hier im Zug treffen wollte und Sie seine Fahrkarte hätten."

Ihr Gesichtsausdruck wurde noch ernster. Sie lehnte sich gegen eine Wand, und Wagner bemerkte, daß das Gesicht der Frau aschfahl geworden war. Auch der Junge sah plötzlich sehr verschreckt aus.

„Haben Sie ihm gesagt, daß wir in diesem Zug sind?"

„Nein, das konnte ich ja nicht, denn ich wußte ja noch nicht, daß Sie hier sind."

„Ich flehe Sie an, mein Mann darf uns hier nicht finden", beschwor ihn die Frau mit Tränen in den Augen.

„Vielleicht kann ich Ihnen helfen?" fragte Wagner die verzweifelte Frau.

„Wir sind schon seit Jahren getrennt, aber er will es nicht wahrhaben. Er will nicht auf uns verzichten, schon gar nicht auf den Jungen. Ich habe zwar das Sorgerecht für Marcel, aber er will ihn ganz für sich behalten, wenn es sein muß auch mit Gewalt. Marcel und ich leben schon seit Jahren in Angst und Schrecken und sind ständig auf der Flucht vor ihm," brach es jetzt aus ihr heraus.

„Aber was ist denn mit der Polizei? Die muß Ihnen doch helfen"

„Nein, das hat sie noch nie wirklich getan. Mein Ex-Mann ist nämlich selber bei der Polizei und hält somit alle Zügel in der Hand. Deswegen wollen wir heute auch nach Italien fahren, dort lebt meine Familie, und mein Mann kennt die Adresse nicht."

„Warum haben Sie solche Angst vor ihm? Das Gesetz ist doch auf Ihrer Seite."

„Er ist jähzornig und gefährlich. Was er nicht bekommen kann, das will er zerstören. Was sollen wir bloß tun?" Plötzlich begann Sie zu weinen.

„Ach, und bis jetzt hat niemand Ihnen helfen können?"

„Nein, das ist doch das Problem", seufzte die Frau. Wagner legte jetzt seinen Arm um ihre Schulter.

„Kommen Sie, ich habe eine Idee."
Er hatte zwar überhaupt keine, aber es würde sich
schon eine finden.
„Wo gehen wir hin?" fragte ihn jetzt die Frau.
„Wir gehen lieber erst einmal in mein Abteil, das ist
gleich hier, und wir wollen nicht riskieren, daß Ihr Mann
uns sieht", sagte Wagner.

Sein Abteil war das letzte vor der Zugmaschine. Er
schloß es auf und ließ die beiden eintreten. Dann zog
er die Vorhänge zu.
„Ich werde jetzt erst mal die anderen vom Zugpersonal
informieren, über das, was Sie mir gerade erzählt
haben. Versuchen Sie, diesen Raum nicht zu
verlassen. Ich komme bald wieder zurück."
 „Ich weiß gar nicht, wie ich Ihnen danken soll", sagte
die Frau.
Wagner lächelte und schloß die Tür hinter sich.
Zuerst wollte er mal mit seinen Mitarbeitern im
Speisewagen sprechen. Er informierte sie über das
Funkgerät. Kaum angekommen, gab es das erste
Problem:
Bergmann stand an der Bar und trank einen Kaffee. Er
drehte sich sofort zu Wagner um, als dieser durch die
Tür kam, und winkte ihm dann zu.
„Hören Sie, ich habe bis jetzt noch immer nicht meine
Frau und den Jungen gefunden. Das kann doch gar
nicht wahr sein! Ich weiß nämlich ganz sicher, daß sie
in diesem Zug sind!"
„Seien Sie mir nicht böse, Herr Bergmann, aber was
macht Sie eigentlich so sicher? Vielleicht hat es sich
Ihre Frau im letzten Moment noch anders überlegt. Das
ist doch auch eine Möglichkeit, oder nicht?"
„Das wäre auch eine Möglichkeit, aber nicht in diesem
Fall. Meine Frau ändert nicht dauernd ihre Meinung. Da
bin ich mir ganz sicher."
„Ja, es tut mir leid, aber da kann ich Ihnen leider auch
nicht weiterhelfen. Ich habe außerdem zu tun". Wagner

wollte sich schon wieder zum Gehen wenden, da sagte Bergman forsch:
„Kann ich mal bitte die Liste der reservierten Plätze sehen, Herr Wagner!"
„Die habe ich jetzt nicht dabei. Und warum überhaupt, ich habe doch vorhin schon genau nachgesehen. Aber gut, ich werde nachher noch einmal nachschauen!"
„Da wäre ich aber gerne dabei", sagte der Mann, der tiefe Züge von seiner Zigarette nahm. Seine Lippen hatten etwas Grausames. Dann fügte er hinzu:
„Spätestens an der Grenze werde ich die beiden finden. Ich werde einfach mit den Zöllnern und der Polizei nochmal durch jedes Abteil, jeden Wagen gehen."
„Das können Sie gerne tun. Ich muß allerdings jetzt wirklich gehen. Ich arbeite schließlich hier", sagte Wagner gereizt.
„Sie fahren doch bis zur Grenze mit, oder?" ignorierte Bergmann ihn einfach.
„Ja, und sogar noch weiter, bis nach Italien!"
„Ach, tun Sie das? Wo ist eigentlich das Telefon in diesem Zug?"
„Gleich hinter Ihnen."

Nun kamen zwei weitere Schaffner durch die Tür gelaufen.
„Du hast uns angefunkt, Heinz?"
Wagner spürte wie Bergmann ihn ganz genau beobachtete.
„Ein Dieb soll im Zug sein. Wir müssen also auf der Hut sein. Am besten wir fangen mit unserer Suche mal da hinten an", er zeigte in Richtung Zugende.
„Sie entschuldigen uns, Herr Bergmann."
Dann lief er mit seinen Kollegen in den nächsten Gang. Sie kannten sich bereits seit vielen Jahren. Wagner konnte ihnen völlig vertrauen und nach wenigen Minuten hatte er den beiden die ganze Situation erklärt.
„Du kannst auf uns zählen", sagten sie dann.
„Und was hast du jetzt vor, Heinz?"

„Das weiß ich selber noch nicht genau, aber ich werde die beiden erst einmal in unserem Abteil verstecken. Dann sehen wir schon weiter. Ich werde auf jeden Fall bis Rom mitfahren."

„Was? Aber wirst du dann nicht Schwierigkeiten bekommen? Denk doch an den Dienstplan."

„Das wird schon klappen, und jetzt spreche ich erst einmal mit Sebastian, damit er die beiden vorne in der Lok mitfahren läßt."

„Das ist doch völlig gegen die Vorschriften! Du bringst dich in Teufels Küche!"

„Ach, das Risiko ist es mir Wert", sagte Wagner lächelnd.

„Es gibt nur ein Problem", meinte sein anderer Kollege: „Sebastian fährt nur bis Italien, dann gibt es einen neuen Lokführer."

„Ja, ich sehe schon weiter, wenn es soweit ist. Darüber zerbrech ich mir jetzt nicht den Kopf."

Er wendete sich zum Gehen und sagte dann noch zu den beiden:

„Ach ja, sobald dieser Bergmann den Speisewagen wieder verläßt, müßt ihr mich sofort anfunken, okay?"

„Aber natürlich. Wir sagen dir sofort Bescheid."

Sie trennten sich wieder.

Als Heinz Wagner die Tür seines Abteils betrat, schlief der Junge.

„Haben Sie ihn wiedergesehen?" fragte die Frau ängstlich.

„Ja, eben im Speisewagen. Er ist sehr schlecht gelaunt."

„Ich habe solche Angst. Glauben Sie, daß wir es schaffen?"

„Natürlich schaffen Sie es. Ich habe meine Kollegen, denen ich vertrauen kann, eingeweiht. Sie werden uns helfen. Ich muß jetzt einmal kurz funken."

Er nahm einen Hörer in die Hand und drückte einen Knopf.

„Sebastian, hier ist Heinz", es dauerte nur wenige Minuten und der Lokführer erklärte sich bereit die beiden "blinden" Passagiere aufzunehmen.

„Was machen wir dann in Italien?" hörte man Sebastian fragen.

„Das sehen wir, wenn es soweit ist. Werden wir pünktlich in Villach ankommen?"

„Superpünktlich", kam die Antwort.

„Gut, dann werden die beiden also sofort bei dir zusteigen?"

„O.k.!" sagte die Stimme am anderen Ende.

„Wo sollen wir mitfahren?" fragte Frau Bergmann.

„Nun, wir kommen gleich nach Villach, und dann werden Sie mit Ihrem Sohn vorne beim Fahrer mitfahren." sagte Wagner und lächelte sie an.

„Sie brauchen sich auch keine Sorgen um Ihr Gepäck zu machen. Wir kümmern uns darum."

„Wie kann ich Ihnen nur jemals dafür danken, daß Sie uns so wunderbar helfen?"

„Ach, das ist doch nicht der Rede wert", meinte Wagner verlegen.

„Sie müssen jetzt den Jungen wecken. Wir kommen jeden Moment in Villach an!"

„Ja, natürlich. Das mache ich sofort."

Als Marcel wach war, sprach sie leise auf ihn ein. Nachdem er von der Idee mit der Lok hörte, strahlte er.

Jetzt klingelte das Telefon.

„Sebastian, was gibt's?" fragte Wagner. „Ja, ist in Ordnung. Vielen Dank. Bis gleich." Er schaute die Mutter und ihren Sohn forschend an.

„Haben Sie Ihre Papiere dabei?"

„Ja", sagte Sabrina Bergmann.

Jetzt bremste der Zug.

„Wir müssen uns beeilen, damit Ihr Mann nichts davon mitbekommt. Sobald ich mehr weiß, melde mich dann bei Ihnen. Lassen Sie mich erst einmal hier nach dem

Rechten sehen", sagte Wagner. Dann verließ er das Abteil.

Er sprang schon aus dem Zug, als dieser noch rollte. Es waren nur Fremde an den Fenstern zu sehen. Kein Bergmann weit und breit. Wagner klopfte an das Abteilfenster und rief:
„Los, kommen Sie!" zum ersten Mal bemerkte er seine Anspannung.
Ein paar Sekunden später erschienen Mutter und Sohn an der Tür.
„Schnell, laufen Sie jetzt los!"
Die beiden rannten zur Lok, wo Sebastian sie schon erwartete. Das Ganze hatte nur ein paar Augenblicke gedauert und schon waren die beiden wieder verschwunden. Sebastian und Wagner winkten sich erleichtert zu, dann schaute Wagner den endlos langen Zug entlang. Einige Wagen weiter schaute jetzt einer seiner Kollegen aus einem der Fenster. Er hob kurz eine Hand und war dann sofort wieder verschwunden.

Fünf Minuten später gab Wagner das Signal zur Abfahrt, und der Zug setzte sich wieder in Bewegung. Er steckte sich nun eine Zigarette an und überlegte. Jetzt bemerkte er, daß jemand vor der Tür stand. Es war Bergmann. Hatte er etwa alles mitbekommen? Warum hatten ihn seine Kollegen nicht gewarnt? Er konnte es nicht verstehen. Dann öffnete er die Tür.
„Ach, was wollen Sie denn hier, Herr Bergmann? Haben Sie Ihre Familie endlich gefunden?" fragte er scheinheilig.
„Nein, immer noch nicht, deswegen bin ich ja hier", antwortete Bergmann böse.
„Aber ich habe Ihnen doch gesagt, daß Ihre Frau und der Junge wahrscheinlich gar nicht in diesem Zug mitfahren. Warum rufen Sie nicht einfach einmal zu Hause an? Vielleicht wartet Ihre Frau ja schon lange auf Ihren Anruf."

„Nein, das ist nicht Sabrinas Art. Sie wollte mit diesem Zug fahren, also ist sie auch hier. Das war doch eben schon Villach, oder?" fragte Bergmann herausfordernd.. Wagner blieb unbeeindruckt und sagte: „Ja ganz richtig. Möchten Sie, daß ich die Polizei informiere?"

„Nein, das ist nicht nötig. Keine Polizei. Ich werde es doch wohl noch schaffen, meine eigene Frau zu finden. Aber danke für das Angebot."

Wagner war erleichtert. Er wollte auch keine Polizei, Bergmann war ihm schon genug.

„Es tut mir leid", sagte Wagner, "Aber ich habe noch zu tun. Es sind wieder einige Leute zugestiegen."

„Gut, gehen Sie ruhig. Aber ich kann nur hoffen für Sie, daß Sie mir nichts verheimlichen, dann kann ich nämlich ganz schön ungemütlich werden!" sagte Bergmann jetzt.

„Soll das etwa eine Drohung sein? Wenn dem nämlich so ist, müssen Sie wissen, daß ich selber ziemlich ungemütlich werden kann. Also, wenn Sie mich jetzt endlich entschuldigen wollen."

Wütend ließ er Bergmann zurück. Als er den Gang entlanglief, begegnete ihm Michael, einer seiner beiden Kollegen.

„Mensch, der Bergmann stand eben in Villach vor meiner Tür. Wieso habt Ihr mich denn nicht gewarnt? Das wäre beinahe schiefgegangen."

„Ja, das tut mir schrecklich leid, aber das Funkgerät hat nicht mehr funktioniert. Wir konnten es inzwischen wieder reparieren. Ich hoffe, es fällt nicht wieder aus."

Eine ältere Frau kam jetzt auf die Männer zugelaufen. „Meine Handtasche ist weg. Jemand hat mir meine Handtasche gestohlen!"

Wagner versuchte, die Frau zu beruhigen, was ihm jedoch kaum gelang.

„Michael, kannst du mal mit der Dame mitgehen und dir alles anschauen? Vielleicht findet ihr sie ja wieder. Ansonsten nimmst du ein Diebstahlprotokoll auf."

„Ja, natürlich. Und wenn ich Bergmann irgendwo sehen sollte, dann laß ich es dich sofort wissen."

Kaum war Michael fort, läutete das Verbindungstelefon zur Lok.

„Ja, was gibt es, Sebastian?"

„Wir werden in wenigen Minuten wieder halten, Heinz."

„Ach ja, ist soweit alles o.k. bei euch?"

„Ja, alles bestens", kam die Antwort.

Als er aus dem Abteil trat und die Tür abschloß, stand Bergman doch tatsächlich schon wieder vor ihm.

„Wofür ist eigentlich dieses Telefon?" fragte er mißtrauisch.

„Es ist für die Verbindung mit dem Lokführer, aber ich wüßte nicht, was Sie interne Dinge hier angehen sollten", sagte Wagner irritiert.

„Was wollte der Fahrer denn?" fragte Bergmann herausfordernd und ignorierte das vorher Gesagte völlig.

„Ich brauche Ihnen hier nicht Rede und Antwort zu stehen", sagte Wagner.

"Ich habe Sie schon einmal gewarnt, falls hier irgendetwas vorgeht, das mich betrifft, möchte ich nicht, daß es mir einfach vorenthalten wird. Das werde ich empfindlich behandeln. Ich will über alles unterrichtet sein, was in diesem Zug passiert. Alles, was hier vor sich geht."

„Hören Sie", sagte Wagner betont freundlich: „Ich bin der Zugleiter, und es gibt keinen Grund, warum ich mir von Ihnen Befehle geben lassen muß! Haben wir uns endlich verstanden? Ich habe mit Ihren familiären Probleme nichts zu tun, und mischen Sie sich bitte nicht in meine beruflichen Angelegenheiten ein. Ich habe Ihnen geholfen, soweit ich konnte, aber mehr ist hier nicht möglich!"

Die beiden Männer sahen sich herausfordernd an, dann liefen sie schweigend den Gang entlang, Richtung Speisewagen.

Der Handtaschendiebstahl hatte sich inzwischen geklärt. Die Frau hatte tatsächlich ihre Tasche verlegt. Sie hielten jetzt im nächsten Bahnhof. Erneut gab Wagner dem Lokführer ein Zeichen. Und wieder lächelten sie sich zu. Dann ging Wagner in seine Kabine, und Sebastian rief ihn nun auch an und sagte: „Hör mal, Heinz! Ich habe doch im Anschluß an diese Fahrt noch zwei Tage frei. Ich werde einfach sagen, daß Sabrina, also Frau Bergmann, meine Freundin ist und Marcel unser Sohn. Dann sage ich den anderen Fahrern, daß ich den beiden versprochen habe, daß wir drei bis nach Rom in der Lok mitfahren werden."
„Ja, das könnte klappen", meinte Heinz Wagner begeistert.
„Wir müssen nur zusehen, daß ihr Mann die beiden beim Umrangieren der Lok nicht sieht. Die Loks werden ja zum Glück etwas weiter entfernt von den Waggons umgestellt", sagte Sebastian.
„Ja, das ist wirklich ein Glück. Ich muß jetzt nur noch ihren Mann von meiner Pelle kriegen. Er hängt die ganze Zeit in meiner Nähe herum. Vielleicht weiß er schon etwas!"
„Bald haben wir es geschafft!" ermutigte Sebastian ihn.

Wagner schaute wieder auf seine Uhr. Noch zwanzig Minuten, dann würde das deutsche Personal den Zug verlassen.
Jetzt setzte sich Margot zu ihm. Sie war die Leiterin des Speisewagens.
„Hast du Probleme, Heinz? Möchtest du darüber reden?" sie lächelte ihn an.
„Ach Margot, manchmal kann man nicht einfach über alles reden."
Er schaute aus dem Fenster und fühlte sich auf einmal sehr müde.
„Wie lange kennen wir uns jetzt, Heinz? Zehn Jahre?"
„Zehn Jahre sind es bestimmt!"

„Willst du wirklich nicht darüber sprechen?"
Wagner zündete sich eine Zigarette an.
"Nee, nee, laß mal, Margot."

Fünf Minuten später lief er zurück zu seinem Abteil, und
schon wenig später bremste der Zug erneut. Von
Bergmann war Gott sei Dank nichts zu sehen.
Einige Polizeibeamte stiegen in den Zug.
„Mehr als sonst", dachte Wagner sich. Auch Zollbeamte
kamen dazu.
Er griff zum Telefon und bat, mit Sabrina Bergmann zu
sprechen.
„Hallo, Frau Bergmann, ich bin's, Wagner. Ich habe mir
Folgendes überlegt: Ich werde mit Ihnen und Marcel
eine Station vor Roma Termini aus dem Zug steigen,
dann nehmen wir von dort einfach einen
Nahverkehrszug. Auf diese Weise werden wir Ihren
Mann los. Sie sagten doch, daß Ihr Ex-Mann die
Adresse Ihrer Familie nicht kennt, nicht wahr?"
„Ja, das stimmt. Wir können von dort aber auch meinen
Cousin Luigi anrufen. Er wartet nämlich auf meinen
Anruf und würde uns dann abholen."
„Prima. Ich melde mich also später wieder".

 Ein Zollbeamter klopfte an seine Tür.
„Wir haben diese hier gefunden", er hielt einen
verschweißten Beutel mit einigen dutzend Tabletten
hoch.
„Rauschgift?" fragte Wagner.
„Ja", erwiderte der Mann. "Wir haben sie auf der
Toilette in diesem Wagen gefunden. Der Tag hat sich
gelohnt. Nur nicht für den Besitzer. Den hätten wir
natürlich auch gerne gehabt. Haben Sie noch was für
uns?" fragte der Mann.
„Nein, nichts", antwortete Wagner und schüttelte seinen
Kopf. Die Männer gaben sich kurz die Hand, dann war
Wagner wieder alleine.

Der Zug kam zum Stehen, alle Zöllner stiegen wieder aus. Es war ein reges Kommen und Gehen. Wagner stand die ganze Zeit an der vordersten Tür des ersten Wagens. Er konnte Bergmann in einiger Entfernung beobachten und wußte, daß auch dieser ihn kaum aus den Augen ließ.

Plötzlich stieg Sebastian aus. Seine Hände gestikulierten aufgeregt während er mit einem österreichischen Bahnbeamten sprach. Gab es Probleme? Jetzt sah er die österreichische Ablösung auf ihn schauen. Zwei Männer. Den einen kannte er sogar vom Sehen. Er erzählte ihnen, daß er ebenfalls bis nach Rom weiterfahren würde.

„Machen Sie Urlaub in Italien?" fragte einer der beiden.

„Ja, so kann man es auch nennen. Es ist aber nur ein Kurzurlaub."

Die Zugmaschine wurde jetzt abgekoppelt und rangierte in einiger Entfernung.

Er stand immer noch mit seinen beiden Kollegen am Gleis. Von Sebastian, Sabrina und Marcel war weit und breit nichts zu sehen. Wagner wurde unruhig. Hatte es geklappt? Waren die drei jetzt in der Lok, die vor ihm stand?

Gott sei Dank, nun sah er wie Sebastian kurz seinen Kopf aus dem Fenster der Loktür steckte. Er hielt seinen Daumen in die Höhe und war sofort wieder im Fahrzeuginneren verschwunden. Wagner atmete auf. Das hatte also geklappt.

Bergmann kam schon wieder auf ihn zugelaufen.

„Meine Frau ist immer noch nicht aufgetaucht, Herr Wagner. Das ist doch schon sehr seltsam. Können Sie sich das irgendwie erklären?"

„Es gibt hier noch einiges, das ich mir nicht erklären kann. Sie kennen Ihre Frau schließlich. Haben Sie denn jetzt endlich einmal versucht, sie anzurufen?"

„Ja, ja, natürlich", antwortete Bergmann genervt.

„Darf ich fragen, worum es geht?" fragte jetzt Wagners österreichischer Kollege.

„Ich kann meine Frau nirgendwo finden und mein Sohn ist ebenfalls verschwunden. Sie müssen aber in diesem Zug sein. Es war abgemacht, daß wir uns alle hier treffen würden. Bisher war Herr Wagner keine besonders große Hilfe", sagte Bergmann boshaft.

Der österreichische Schaffner schaute etwas verlegen auf Wagner und zu seinem anderen Kollegen. Dann sagte er zu Bergmann:

„Ich verstehe nicht ganz, sind Sie und Ihre Gattin etwa getrennt gereist?"

„Ja, das war ja das Problem. Deswegen mußte ich sie ja erst suchen. Aber sie ist nirgends zu finden." Er wollte noch etwas sagen, doch Wagner unterbrach ihn gereizt:

„Ich habe diesem Herrn ziemlich viel von meiner Arbeitszeit gewidmet, um seine Frau zu lokalisieren. Wir haben außerdem noch die Reservierungsliste durchgesehen. Leider war alles ohne Erfolg. Ich wüßte nicht, wie man da noch weiterhelfen kann."

„Also ehrlich gesagt, da stimme ich meinem Kollegen zu. Mehr kann man in unserer Position leider nicht machen, Herr Bergmann. Kann es nicht sein, daß Ihre Frau den Zug verpaßt hat?" fragte der Österreicher beschwichtigend.

„Nein, das kann nicht sein. Meine Frau verpaßt keine Züge", Bergmann kochte vor Wut.

„Also, wenn Sie mich und meine Kollegen jetzt entschuldigen möchten. Wir müssen zurück an die Arbeit," fiel er Bergmann jetzt ins Wort.

Dann schaute er Wagner freundlich an und sagte:
„Kommen Sie mit. Dann können wir die Übergabe machen!"

„Natürlich", antwortete Wagner lächelnd.

Die Männer machten sich jetzt erst einmal richtig miteinander bekannt. Guido war der Vorgesetzte des anderen. Wenig später gab er das Abfahrtssignal. Augenblicklich setzte sich der Zug wieder in Bewegung. Bald würden sie in Italien sein.

Wagner beschloß, seine beiden österreichischen Kollegen jetzt einzuweihen. Es mußte schließlich einmal sein. Guido sagte dann etwas besorgt: „Aber Heinz, Sie wissen doch, daß es nicht legal ist, Privatpersonen in der Lok mitfahren zu lassen. Außerdem haben wir jetzt die Polizei und den Zoll an der Nase herumgeführt. Wissen Sie, daß Sie damit unseren Job aufs Spiel gesetzt haben? Warum verstecken Sie die Frau und ihren Jungen eigentlich?"

„Ich kann nur sagen, nachdem Bergmann zugestiegen ist, erzählte er mir die Geschichte mit seiner Frau und dem Sohn. Dann traf ich die beiden selbst und hörte ihre Version der Geschichte. Die hörte sich gleich ganz anders an.

Sie sind gar nicht mehr verheiratet und die Frau, wie auch ihr Sohn, haben schreckliche Angst vor ihm. Sie hat das Sorgerecht für den Jungen, aber er will ihn ihr wegnehmen. Sie wußte gar nicht, daß er hier in diesem Zug sein würde."

„Aber woher weiß man denn, daß sie die Wahrheit sagt?" warf Guido jetzt ein.

„Ich glaube ihr einfach. Und überhaupt, warum sollte sie denn lügen? Ich kann nur sagen, daß mir eines auffällt: Der Mann sucht seine Frau nicht, er jagt sie. Und das macht mir Sorge.

Sie will mit dem Jungen nach Rom, wo ihre Familie lebt. Ihr Ex-Mann weiß nicht wo das ist. So, das ist die ganze Geschichte."

„Das ist ja sehr interessant. Ich habe mich auch schon gewundert, warum ihr Ex-Mann so aggressiv war. Daß er sich Sorgen machen würde, ist ja verständlich, aber er schien richtig wütend zu sein. Das ist wirklich schon recht seltsam."

Seine beiden Kollegen verließen für einige Minuten den Raum, um nach dem rechten zu sehen. Wagner blieb im Abteil sitzen, denn er hatte ja offiziell nichts mehr zu tun. Als sie zurückkamen meinte Guido:

„Es scheint alles in Ordnung zu sein."

Guido schlug vor, daß sie alle im Speisewagen etwas trinken sollten. Dort angekommen, konnte man Bergmann schon wieder an einem der Tische sitzen sehen. Sein Gesicht war wie aus Stein.

Guido schaute auf die Uhr.

„Noch eine Stunde, dann erreichen wir Italien!"

Eine Zeitlang herrschte Stille.

Kurz vor der Grenze kamen italienische Polizei und Zollbeamte in den Zug. Alles verlief ruhig. Als Wagner das Abteil verließ, konnte er sehen, wie Bergmann den Bahnsteig entlanglief. Er zeigte jetzt einem Carabinieri etwas. Es sah aus wie ein Ausweis.

Was plante Bergmann denn jetzt schon wieder, wunderte sich Wagner. Wollte er etwa die italienische Polizei auf seine Seite bringen?

Die drei Männer liefen jetzt langsam vor zur Lok, dann gab Guido plötzlich das Zeichen zur Weiterfahrt.

Das Wetter war umgeschlagen. Strömender Regen. Jetzt kam Guido auf Wagner zugelaufen.

„Heinz, wir werden jetzt sehr bald in Italien sein. Ich hoffe, es klappt alles mit dem italienischen Lokführer. Möchten Sie, daß ich mit ihm spreche? Vielleicht kenne ich ihn ja. Die beiden haben es beinahe geschafft, nur noch ein paar Stunden, dann ist der ganze Spuk vorbei. Ich wünsche euch viel Glück."

„Ja, danke. Es wäre sehr nett, wenn Sie mit dem Lokführer sprechen würden, dann schaffen wir es ganz bestimmt."

Die Autos, die Häuser, alles sah jetzt schon anders aus. Erneut bremste der Zug. Sie fuhren in den

Grenzbahnhof ein. Auf den Bahnsteigen waren viele fliegende Händler zu sehen.

„Guido, noch mal vielen Dank für alles."

„Keine Ursache. Gute Fahrt. Man sieht sich", erwiderte dieser.

Der Zug war jetzt stehengeblieben. Die italienischen Polizisten liefen noch mal durch alle Waggons. Bergmann war wieder mal dabei. Sie schauten in jedes Abteil, alle Toiletten. Einer der Carabinieri schaute jetzt Wagner an. In fließendem Deutsch sagte er zu ihm: „Guten Tag, sind Sie Herr Wagner?"

„Ja, der bin ich. Was kann ich für Sie tun?"

„Nun, Herr Bergmann hat gerade mit uns über sein Problem gesprochen. Ich weiß leider nicht genau, was hier eigentlich vor sich geht, aber ich muß Sie warnen: Sollten Sie irgendetwas verbergen, dann machen Sie sich strafbar. Wenn Sie irgendetwas wissen, dann sagen Sie es also besser jetzt."

Der Carabinieri schien nicht einmal auf eine Antwort zu warten. Er nickte seinen Kollegen zu und stieg sofort wieder in den Zug.

Jetzt kam ein Mann das Gleis entlanggelaufen. Er kam direkt auf die Lokomotive zu. Es schien der italienische Lokführer zu sein. Kurz nickte er Guido und seinem Kollegen zu. Dann lief er weiter zur Zugmaschine. Nach einiger Zeit sah Wagner, wie Guido vorne aus der Lok stieg. Er winkte Wagner lächelnd von Weitem zu. „Gott sei Dank, es hatte also geklappt."

Die Lok war schon abgekoppelt und einige Meter gerollt.

Plötzlich sah er Bergmann schon von weitem den Wagen entlangkommen, direkt auf ihn zu. Er hatte überhaupt keine Lust, mit ihm zu sprechen. Nicht ein einziges Wort, doch das mußte er wohl, denn Bergmann sah so aus, als ob er unbeding mit ihm sprechen wollte. Wagner wollte schon in den Zug steigen, da hatte Bergmann ihn eingeholt.

„Wagner, warten Sie. Ich muß mit Ihnen sprechen!"
Er stieg die beiden Stufen wieder herunter.
„Was gibt es denn noch, Herr Bergmann?"
„Ach, wissen Sie, Herr Wagner, ich glaub, ich muß mich
bei Ihnen entschuldigen. Wir sollten uns doch nicht
streiten. Ich habe eben ein wenig überreagiert, weil ich
meine Frau und den Jungen bisher noch nicht
gefunden habe. Was hat Sie Ihnen denn eigentlich
gesagt?" fragte er plötzlich.
„Wie bitte?" fragte Wagner voller Zorn, dann sagte er:
„Wissen Sie, Herr Bergmann, wie oft soll ich es denn
noch wiederholen? Ich habe mit dem Verschwinden der
Frau und des Jungen nichts zu tun. Sie wird ja
bestimmt bald mit Ihnen Kontakt aufnehmen, da Sie
wissen muß, daß Sie sie suchen. Also sollte sie wohl
irgendwo für Sie erreichbar sein, es sei denn, Sie will
gar nicht erreicht werden."
„Was wollen Sie denn damit sagen? ", schrie Bergmann
jetzt schon fast.
„Nun, Sie haben ja bisher noch kein Wort von ihr
gehört, und so wie Sie sich benehmen, scheint das ja
nicht normal zu sein. Also muß man fast zu dem Schluß
kommen, daß sie vielleicht gar nicht mitfahren wollte."
„Ich sehe, wir kommen nicht weiter. Ich werde meine
Frau also auf eigene Faust finden müssen", sagte
Bergmann kalt. Dann wandte er sich ab und ging.

Als Wagner den zweiten Waggon erreicht hatte,
bewegte dieser sich plötzlich mit einem Ruck. Nun
wußte er, daß die Lok angekoppelt war.
Der Zug begann zu rollen. Wagner zog ein Fenster
herunter und hielt seinen Kopf hinaus. Der Fahrtwind
tat ihm gut. Er blieb noch einige Zeit am geöffneten
Fenster stehen, dann machte er sich auf den Weg, die
italienischen Kollegen zu suchen.
Die Schaffnerkabine war abgeschlossen und leer. Das
war sehr merkwürdig, denn er hatte die beiden Männer

nirgendwo im Zug gesehen, obwohl er ihn ganz durchgelaufen war.

Er beschloß jetzt erst einmal im Fahrerhäuschen anzurufen, um zu sehen, wie die Dinge standen. Eine nette Stimme mit italienischem Akzent meldete sich.

Gerade wollte Wagner es in seinem schlechten Italienisch versuchen, da sagte die Stimme am anderen Ende der Leitung:

„Sie sind bestimmt der Kollege von Sebastian. Möchten Sie ihn sprechen?"

„Ja gerne, das wäre sehr nett", sagte Wagner erleichtert.

Einen Augenblick später hatte er den deutschen Lokführer am Apparat.

„Alles klar bei euch, Sebastian?"

„Alles ok., Heinz."

Wieder schaute er auf die Uhr.

Er beschloß, ein wenig umherzulaufen und sich die Beine zu vertreten. Als er dann zum Schaffnerabteil zurückkehrte, saß dort einer der italienischen Kollegen. Er schien etwas zu schreiben. Nur noch wenige Minuten, dann mußten sie die nächste Station erreicht haben.

Nun kam der andere Schaffner ins Abteil. Die beiden Italiener schauten sich kurz an, dann setzte sich auch der andere und sagte zu Wagner:

„Als wir vorhin in der Lok waren, haben wir die Frau und ihren Jungen dort gesehen. Leider hatten wir keine Zeit mit ihr zu reden. Warum denn dieses Versteckspiel? Herr Bergmann scheint mir durchaus sympathisch. Der Mann will eben einfach seine Familie finden, das kann man doch verstehen."

Wagner fühlte sich langsam sehr erschöpft, ständig alles wieder und wieder erklären zu müssen. Er versuchte sich kurz zu fassen und nach wenigen Minuten konnte er die beiden völlig überzeugen.

Dann schaute er auf die Uhr. „Der Zug müßte gleich im Bahnhof sein", dachte er bei sich und sagte dann: „Ich fürchte, daß Bergmann alles versuchen wird, nach vorne in die Lok zu gelangen. Wir dürfen nichts riskieren, damit er sie nicht im letzten Moment doch noch findet."

Der Zug hatte gehalten.

Die italienischen Schaffner stiegen aus. Wagner wollte nicht auch noch auf den Bahnsteig gehen. Das wäre wohl viel zu auffällig, wenn Bergmann ihn dabei sehen würde. Stattdessen blieb er an einem der Fenster stehen. Doch von Bergmann war weit und breit nichts zu sehen.

Er verließ das Abteil und öffnete im Gang ein Fenster. Da war er auch schon.

Bergmann lief gerade über einige der Gleise in Richtung Bahnhofsgebäude. Dort stellte er sich vor eine der Telefonzellen, die alle schon besetzt waren.

Der Bahnsteig war völlig leer, Bergmann war der einzige Fahrgast, der ausgestiegen war. Jetzt hatte Wagner eine Idee. Kurz vor ihm sah er die italienischen Schaffner stehen. Er ging zu ihnen und sagte:

„Wir müssen Bergmann jetzt loswerden, sonst findet er seine Frau und den Jungen doch noch. Er ist gerade da drüben bei den Telefonen. Da kein anderer Fahrgast ausgestiegen ist, könnten wir einfach das Signal geben, sobald er die Telefonzelle betreten kann. Es sind sowieso nur noch ein paar Minuten bis zur Abfahrt."

„Ja, das hört sich machbar an. Dann warten wir also bis er drinnen ist."

Einige Minuten später betrat Bergmann die Telefonzelle. Sofort gab der Schaffner das Signal zur Abfahrt. Die Räder begannen zu rollen. Bergmann schaute entsetzt und fing an zu laufen. Doch es war sinnlos. Er konnte den Zug nicht mehr erreichen.

„Ich kriege Sie Wagner. Ich kriege Sie!" rief Bergmann von weitem. Sein Gesicht von Wut entstellt. Wagner lachte. „Bon viaggio," rief er aus dem geöffneten Fenster.

Der Verlierer

Es war ein typischer Abend. Um 7 Uhr hatten sich die beiden Freunde Klaus und Rainer getroffen. Gleich war es elf, und es war immer noch nichts Besonderes passiert.
Das Dutzend leerer Bierdosen, das vor den beiden auf dem Tisch stand, konnte man nicht als etwas Besonderes bezeichnen – im Gegenteil.
„Also langsam aber sicher habe ich diese schlaffen Abende satt, weißt du das?" sagte Klaus, und es klang sehr vorwurfsvoll.
„Schau mich doch nicht so an, als wäre ich allein daran Schuld. Ich will nicht immer der Buhmann sein", erwiderte sein Freund, und die schlechte Laune schien ihn mit einem Schlag stocknüchtern zu machen. Jedenfalls hörte er sich plötzlich so an.

„Ja, weißt du, als wir uns damals aus den Augen verloren haben, Rainer, da war bei mir am

Wochenende immer der Teufel los. Es war oft so toll, daß man nicht wußte, was man zuerst machen sollte."

„Hör mal Klaus. Wenn du meine Gesellschaft so langweilig findest, kann ich ja gehen. Heute redest du wie mit zwei Zungen. Schade, ich dachte wirklich, wir wären Freunde", meinte Rainer ruhig.

„Ach, sei doch nicht immer gleich so empfindlich. Ich werde doch wohl noch mal von früher reden dürfen", meinte Klaus beschwichtigend, doch es klang böse.

„Ja, wäre es nur heute einmal, aber nein, es ist ja jedes mal so. Besonders wenn du zuviel getrunken hast. Du verträgst nichts mehr."

„Schau dich doch mal an, Rainer. Wieviele hattest du heute Abend schon?" ärgerte sich Klaus.

„Oh Mann, laß uns doch nicht dauernd streiten, das ist doch noch viel langweiliger. Vielleicht sollten wir in einen Club gehen, oder hast du Lust auf die Disco?"

„Ach, immer die ewigen Discotheken. Dieses ständige Rumgehopse und Geglotze, darauf habe ich schon lange keinen Bock mehr."

„Siehst du, man kann es dir nie Recht machen. Hast du vielleicht eine bessere Idee? Na?"

Klaus dachte nach. Er nahm erst mal einen großen Schluck von seinem Bier.

„Hättest du mir Sabine damals nicht einfach so weggeschnappt, dann wären wir heute bestimmt immer noch zusammen, und ich könnte jetzt zu ihr gehen," sagte Klaus und es klang bitter.

„Wenn du es dir bloß nicht immer so einfach machen würdest. Du biegst dir auch alles so zurecht, wie du es gerade brauchst. Ich habe sie dir doch gar nicht weggeschnappt. Sie wäre auch so gegangen."

„Denk doch was du willst. Du hast ja sowieso nie an irgendetwas Schuld. Das war ja schon immer so", sagte Klaus, meinte dann jedoch plötzlich:

„Weißt du was, laß uns doch einfach irgendwo rausfahren."

„Was? Jetzt? Wohin denn? Etwa zum See?" fragte Rainer und klang wenig begeistert.

„Nee, laß uns woandershin gehen. Los, komm. Mich kotzt es hier an, und die Musik ist auch so Scheiße, wie schon lange nicht mehr."

„Ja, aber wie wollen wir denn jetzt dahinkommen?"

„Na wie wohl? Mit dem Auto natürlich. Womit denn sonst? Jetzt sag bloß, du hast Angst?"

„Was heißt denn hier Angst? Hast du vergessen, daß ich letztes Jahr meinen Schein verloren habe?" fragte Rainer vorwurfsvoll.

„Du brauchst dich nicht so aufzuregen. Ich wollte sowieso fahren. Mir passiert schon nichts. Du weißt ja, die die mich erwischen, müssen erst noch geboren werden", sagte er stolz.

Rainer war es überhaupt nicht recht, daß Klaus in diesem Zustand fahren würde, aber er wollte nicht schon wieder streiten, daher schwieg er.
Beide waren ziemlich betrunken. Nun liefen sie zum Auto und mußten sich bemühen, nicht ihr Gleichgewicht zu verlieren.
Die Abfahrt verzögerte sich, da sich Klaus noch übergeben mußte.
Er blieb so lange in der Dunkelheit verschwunden, daß sich sein Freund schon Sorgen machte. Gerade wollte er ihn suchen gehen, da kam er wieder zurück.

„Mensch wo bleibst du denn? Dachte schon, du bist vielleicht irgendwo auf dem Boden eingeschlafen", meinte Rainer besorgt.

„Sehr witzig. Ich werde doch wohl noch alleine zum Kotzen gehen können."

„Ich bin nun mal um meine Freunde besorgt. Ich laß dich doch auf diesem blöden Parkplatz nicht einfach verrecken."

„Ach wie rührend. Das nenne ich wahre Freundschaft", sagte Klaus hämisch.

„Etwas anderes würde ich von dir ja auch gar nicht erwarten, du bist ja schließlich mein bester Freund. Aber das ist gar nicht so schwer, du bist ja auch mein einziger." Jetzt lachte Klaus wieder bitter.

„Nun hör aber mal auf. Du hast doch auch noch andere Freunde. So schlecht bist du doch nun auch wieder nicht."

Klaus schaute Rainer mit einem Blick an, der ihm Angst machte.

„Was? Du hast ja keine Ahnung, wie schlecht ich manchmal sein kann. Du kennst mich wohl doch nicht richtig, sonst hättest du schon längst nichts mehr mit mir zu tun. Aber ich habe dich wenigstens gewarnt", sagte Klaus drohend.

„Ich weiß überhaupt nicht, was du auf einmal hast. Wolltest du heute etwa nur streiten? Haben wir uns deswegen getroffen? Tut mir leid, dafür bin ich mir zu schade. Viel zu schade", wiederholte Rainer noch mal und seufzte.

„Weißt du was? Ich habe plötzlich keine Lust mehr auf so einen saublöden Abend. Also fahr mich doch bitte nach Hause. O.k.? Hast du gehört, Klaus?" fügte er hinzu.

Sein Freund schien mit seinen Gedanken in einer anderen Welt zu sein, nickte aber.

Als sie einige Zeit gefahren waren, sagte Rainer: „Das ist doch gar nicht der richtige Weg. Wo fährst du denn jetzt hin? Ich wollte doch nach Hause."

„Wieso willst du denn auf einmal nach Hause?" fragte sein Freund aufgebracht.

„Ich dachte, wir wollten heute Nacht noch einen Draufmachen. Also komm schon, Rainer, sei doch nicht so. Gib dir einen Ruck.

„Nee, Klaus, ich habe jetzt auch ganz schön schlimme Kopfschmerzen."

„Hast du denn deine Wunderpillen heute nicht dabei?"

„Nee, die habe ich vergessen. Man soll die ja auch nicht mit Alkohol mischen."

„Ich weiß einen tollen Platz, wo wir hinkönnen. Das wird dir die Kopfschmerzen ganz schnell vertreiben."

„Ach, und wo wäre das?" fragte Rainer. Er klang nicht sehr interessiert.

„Laß dich überraschen."

Sie fuhren schon eine ganze Weile, als Rainer auf die Uhr sah und fragte:

„Willst du mir nicht endlich mal sagen, wohin wir fahren? Ich erkenne hier rein gar nichts."

„Das wundert mich aber. Warte es nur ab, gleich wirst du es sehen."

„Ich sehe gar nichts. Diese Art von Überraschungen liegen mir nicht."

Rainer klang jetzt sehr aufgeregt.

„Siehst du. Immer dreht sich alles um dich. Aber das hier geht auch mich etwas an, oder soll ich sagen uns? Uns beide. In dieser Gegend haben wir schließlich zusammen unsere Jugend verbracht. Deswegen sind wir jetzt hier."

„Ach so, darum geht es also. Ich wußte gar nicht, daß du noch soviel an damals denkst. Ich habe das alles schon fast vergessen. Wo soll es denn jetzt hingehen? Ich bin wirklich gespannt, Klaus."

„Ja, das kann ich mir denken. Aber keine Angst – du wirst es gleich sehen. Du kannst schon die Lichter da drüben erkennen", er grinste.

Rainer schaute lange aus dem Fenster in den dunklen Himmel. Er verstand zuerst nicht, worum es dem Freund ging, dann sah er von weitem im Nachthimmel ein Gebäude, vielleicht sogar **das** Gebäude ihrer Jugend. Ein Hochhaus. Das höchste Gebäude der Stadt. Hier, auf seinem Dach, hatten sie unzählige Stunden zusammen verbracht. Viele Jahre hatten sie es jetzt nicht mehr aufgesucht.

„Du meinst das Hochhaus, stimmt's?" fragte Rainer.

„Natürlich, ich habe doch gewußt, daß du noch darauf kommst, aber hätte eigentlich gedacht, daß du es schon früher weißt. Als wir eben an der alten Kirche vorbeikamen, also da spätestens, aber naja, dafür weißt du es jetzt. Also, wie findest du die Idee?" fragte Klaus grinsend.

Der Freund verzog nur das Gesicht.

„Na ja, ich weiß nicht so recht", sagte er dann.

„Toll, echt toll. Was ist bloß mit dir los? Du bist in letzter Zeit wirklich ein totaler Spielverderber, immer so lustlos. Denk doch einfach mal an früher, Alter."

„Wie sollen wir denn da überhaupt reinkommen? Es ist doch bestimmt verschlossen."

„Ach was, papperlapapp. Das hat uns doch früher auch nicht abgehalten, oder? Also, was ist? Denk doch nur mal an die tolle Aussicht. Mein Gott, was haben wir da oben alles für Pläne gemacht, weißt du noch?"

„Meinetwegen, aber nicht länger als eine halbe Stunde. Ich will schließlich auch noch mal ins Bett."

„Super, das ist toll! So kenne ich dich! Wieder ganz der Alte!"

Die Parkplatzsuche dauerte eine Ewigkeit. Alle Stellplätze schienen schon belegt. „Wollen wir es heute nicht lassen, Klaus? Es gibt doch immer noch ein anderes mal. Wie wäre es am nächstem Wochenende?"

„So ein Quatsch. Rede nicht wieder so. Gleich haben wir einen Parkplatz. Nächstes Wochenende wäre es doch das gleiche Problem, oder etwa nicht? Schau, da drüben ist doch schon einer."

Rainer wunderte sich über den plötzlichen Eifer seines Freundes, aber er traute sich nichts mehr zu sagen.

„Also, komm! Laß uns endlich gehen", sagte Klaus und riß die Tür auf. Sein Blick schien jetzt auf einmal wieder sehr finster zu sein.

Als sie vorm Hochhaus angekommen waren, blieben beide wie auf Kommando stehen und schauten nach oben.

„Es kommt mir nicht mehr so hoch vor wie früher!" meinte Rainer.

„Na ja, das ist wohl normal. Damals sind wir ja Teenager gewesen. Da wirkte wohl alles gigantischer. Mir geht es wie dir. Es wirkt fast mickrig. Es hat seine Faszination verloren!"

„Ja, und willst du dann überhaupt noch hoch, Klaus? Denn ich habe wirklich ganz schön schlimme Kopfschmerzen."

„Also gut Rainer. Ich verstehe dich, aber wenigstens auf eine Zigarette, wenn wir schon mal hier sind. Nur eine Viertelstunde. Solange hältst du es doch sicherlich aus?"

„O.k., Klaus, eine Viertelstunde wird schon gehen, aber dann möcbte ich wirklich gehen."

„Ja, natürlich. Eine Viertelstunde reicht mir völlig, Rainer. Das verspreche ich dir", jetzt lachte er sogar.

„Findest du das wirklich so lustig?" fragte Rainer.

„Na ja, ich habe halt gelacht. Manchmal zeigt sogar bei mir der Alkohol seine Wirkung."

Nun blieben sie vor dem großen Eingang stehen. Klaus lehnte sich gegen die Haustür, die sofort aufsprang.

„Siehst du", lachte Klaus. „Das Glück ist auf unserer Seite. Es läuft doch alles wie am Schnürchen heute Abend."

„Ja, wirklich alles. Alles bis auf meine Kopfschmerzen", sagte Rainer sehr leise.

„Ja, deine Kopfschmerzen. Aber ich wette, die gehen auch noch weg."

„Na, hoffentlich sind die Fahrstühle besser als damals."

„Ach bestimmt, einer von ihnen wird schon funktionieren. Glaube mir."

Er hatte recht. Sie konnten sofort einen der beiden Fahrsühle benutzen.

„Ich schätze, heute machen wir kein Wettlaufen, wer zuerst oben ist", scherzte Rainer.

„Ach, damit du wieder gewinnst. Ganz wie früher", der Haß in Klaus' Stimme war kaum mehr zu überhören.

„Was ist denn jetzt schon wieder mit dir los? Du klingst so böse!" sagte Rainer überrascht, während sich der Fahrstuhl Richtung zwanzigste Etage bewegte.

„Ach, ich weiß auch nicht. Alte Erinnerungen",

„Denk doch nicht immer soviel über früher nach. Das tu ich auch nicht."

„Ja, das weiß ich. Das ist ja dein Fehler", sagte Klaus böse.

„Wir machen alle Fehler. Das liegt in der Natur des Menschen. Ich weiß selber, daß ich nicht immer alles richtig gemacht habe. Aber wollen wir uns wirklich darüber aufhalten? Deswegen sind wir doch nicht hierhergekommen."

„Ja, ja. Du hast ja recht. Wir wollen lachen und nicht mehr an das Negative denken, was einmal war. Also, wir sind da. Treten Sie näher mein Herr." Er machte eine einladende Bewegung, als sich die Tür im zwanzigsten Stock geöffnet hatte.

Sie traten in einen schwachbeleuchteten kleinen Flur. Die Eisentür von damals für den Austritt aufs Dach erkannten beide sofort wieder.

„Das Schild ist neu", bemerkte Rainer.

Auf der Tür stand in großen Buchstaben:

AUSTRITT NUR IM NOTFALL

„Ja, das Schild ist neu, aber wir haben ja einen Notfall", lachte Klaus.

„Vielleicht ist sie zu. Ja, ich wette es sogar. Bestimmt wegen der Kinder und Verrückten im Haus", meinte Rainer.

„Lassen wir uns überraschen. Ich denke, sie ist offen."

Sie war offen. Sofort schlug ihnen der kalte Nachtwind entgegen.

„Bitte nach Ihnen", meinte Klaus und lächelte.

Wenig später und beide Männer lehnten sich schweigend über die Brüstung, um auf den sechzig Meter unter ihnen liegenden Parkplatz zu schauen. Es begann zu regnen.

„Meine Güte, ist es kalt hier oben. Unten war es längst nicht so schlimm", sagte Rainer.

„Ja, ja, du Mimose. Ich habe verstanden. Wir gehen sofort wieder. Laß uns nur schnell eine Zigarette rauchen. Setzen wir uns kurz?" fragte er seinen Freund.

„Was, wo denn? Doch nicht etwa hier drauf? Spinnst du?"

„Ja, warum denn nicht? Auf dem Boden sehen wir doch nur den Himmel. Früher saßen wir doch auch immer auf der Brüstung."

„Ja, aber da hatten wir nicht zwei Promille im Blut", sagte Rainer empört.

„Das stimmt, aber ich mache es jetzt trotzdem. Du kannst mich ja festhalten, wenn du solche Angst um mich hast."

„Ach du, immer mit deinen Ideen", sagte Rainer leise. Schwerfällig kletterte sein Freund auf die Brüstung. Rainer hielt ihn sicherheitshalber an der Kleidung fest.

Wieder schwiegen die beiden längere Zeit.

„Komm halt auch rauf", meinte Klaus plötzlich.

„Ich bin doch neben dir."

„Spielverderber", sagte Klaus.

„Also gut", der Freund setzte sich neben ihn. Ihre Beine hingen beide über dem Abgrund.

„Wie früher."

„Wie früher", bestätigte der andere.

„Kannst du dich an Sabine erinnern und Monika?" fragte Klaus plötzlich.

„Wie? Ich weiß nicht so genau was du meinst?"

„Na jedenfalls hast du mir Monika auch ausgespannt",
sagte Klaus böse.
„Also, du kannst einfach nichts vergessen", sagte
Rainer fassungslos.
Sein Freund drehte sich zur Seite und sprang mit den
Füßen auf den Boden zurück.
„Wo gehst du denn hin, Klaus? Schon fertig geraucht?
Dann können wir ja gehen."
„Nein, ich pisse nur."
Mit einem großen Satz schubste Klaus seinen Freund
in den Tod.
Dann trat er an die Brüstung und rief dem Sterbenden
hinterher:
„Ich bin wirklich ein schlechter Verlierer."
Der Wind schluckte beider Schreie.

Frontgespräche

Der Wagen stand schon lange vor dem alten Gasthaus an der staubigen Straße. Ab und zu zogen lange Kolonnen von Soldaten an ihm vorbei. Manchmal schauten einige der Männer neidisch zu dem jungen Unteroffizier herüber, der hinter dem Steuer der großen Mercedes-Limousine saß.

Er lächelte nur jedesmal, wenn er einen von ihnen erblickte und tat dies ganz ungeniert und voller Stolz, glücklich, daß er nicht einer von ihnen war, sondern hier abseits sitzen konnte. Weit weg, als wäre er in einer anderen Welt. Und das war er ja auch: In einer völlig anderen Welt, obwohl sie alle nur wenige Meter voneinander getrennt waren.

Einer spuckte jetzt sogar in seine Richtung. Haß spielte auch eine Rolle.

Der junge Soldat schaute auf seine Uhr, dann hielt er sie gegen sein Ohr, als wollte er prüfen, ob sie noch ging. Nun schaute er erneut auf den schriftlichen Befehl, der im Handschuhfach lag.

Seit fast einer Stunde war er jetzt schon hier, aber von dem Offizier, auf den er warten mußte, war immer noch nichts zu sehen.

Er fragte sich, ob er nicht doch mal in das Stabsgebäude gehen sollte, um nach ihm zu fragen. Doch dann ließ er es lieber. Er wollte den Offizier schließlich nicht unter Druck setzen oder gar verärgern. Nervös kaute er an seinen Fingernägeln. Gerade wollte er doch ins Gebäude gehen, da tauchten plötzlich mehrere Offiziere auf.

„Endlich, es geht los", dachte er aufgeregt.

Die Gruppe teilte sich nach wenigen Schritten. Zwei der Männer kamen jetzt direkt auf den Wagen zu.

„Mein Gott, das ist ja ein General. Ein richtiger General", dachte er beeindruckt.

Schnell sprang er aus dem Wagen und rannte um ihn herum. Dann öffnete er die hintere Tür und blieb zackig stehen.

Die beiden Offiziere hatten den Wagen fast erreicht, schienen ihn jedoch nicht einmal zu bemerken.

„Also, Herr General von Kampe, Sie können sich ganz auf mich verlassen. Bis zum letzten Mann, so wie ausgemacht. Dann werden wir uns wohl in diesem Leben nicht mehr sehen. Ich wünsche uns den Endsieg", der Oberst salutierte dem General und hatte sich ohne ein weiteres Wort auf der Stelle gedreht, um wieder in das Gebäude zurückzukehren.

Der General schaute jetzt endlich auf den Unteroffizier:

„Also gut, dann sind Sie also mein neuer Fahrer", sagte er in einem Ton, den sich der andere nicht erklären konnte.

„Jawohl, das bin ich. Unteroffizier Klein. Ganz zu Ihren Diensten, Herr General." Dann salutierte er, doch der General erwiderte nicht.

„Warum haben Sie denn diese Tür hier geöffnet, Klein? Ich sitze immer vorn."

„Oh, Entschuldigung. Das habe ich nicht gewußt, Herr General. Alle Offiziere, die ich bisher gefahren habe, wollten hinten Platz nehmen", meinte Klein leise.

„Sie konnten das ja auch nicht wissen, Klein. Woher denn auch?" sagte er lächelnd.

Der Unteroffizier öffnete nun die Beifahrertür.

„Hören Sie Klein, es ist gut gemeint von Ihnen, aber in Zukunft kann ich meine Tür auch selber öffnen." Sein Eisernes Kreuz blitzte in der Sonne.

Als auch Klein Platz genommen hatte, fragte ihn der General gleich:

„Na, haben Sie Erfahrung?"

„Womit Herr General?" fragte Klein unsicher.

„Na, mit Vorne? Sind Sie schon Vorne gewesen?"

„Nein, das bin ich noch nicht. Leider. Aber ich möchte natürlich gerne", sagte der junge Unteroffizier voller Eifer und schämte sich auf einmal, während er auf das Ritterkreuz des Offiziers schielte.

„Ach, warum haben Sie es denn so eilig? Glauben Sie etwa, Sie versäumen etwas?"

Kurze Stille.

„Na ja, ich weiß nicht, aber alle anderen erzählen immer davon, Herr General."

„Ach, alle anderen. Und was erzählen die so?"

Klein überlegte. Er wollte nichts Falsches sagen.

„Gut, ich weiß nicht, was davon alles die Wahrheit ist, Herr General, aber ich möchte mich doch auf alle Fälle bewähren."

„Das werden Sie bestimmt", unterbrach ihn der General. "Davon bin ich überzeugt. Haben Sie Familie, Soldat?" fragte er jetzt.

„Nur noch eine Mutter, Herr General."

„Das habe ich nicht gemeint. Ein gutaussehender Kerl, wie Sie es sind, und so jung. Da ist doch bestimmt jemand."

Der Unteroffizier schaute verlegen und sagte nichts.

„Verzeihen Sie, Klein. Ich wollte Ihnen auf keinen Fall zu Nahe treten. Es ist ja auch Ihre Privatangelegenheit, wenn und ob Sie jemanden haben. Ich bin seit über dreißig Jahren verheiratet. Vielleicht sogar glücklich. Jedenfalls kommt es mir so vor. Die paar mal im Jahr, die ich meine Frau sehe, seit dieser elende Krieg begonnen wurde. Unsinnig. Sowas Unsinniges."

„Ja, das meine ich auch. Diese Polen und das ganze Bolschewistenpack. Es ist alles nur ihre Schuld", sagte der Unteroffizier.

„Polen", lachte der General. "Glauben Sie denn wirklich, die Polen sind Schuld daran, daß es bei uns an allen Ecken und Enden brennt?"

„Wieso? Ist es denn so schlimm? Das wußte ich ja gar nicht, " meinte Klein entsetzt.

„Ich dachte, Sie hätten mit so vielen, die schon Vorne waren, gesprochen?"

„Es tut mir leid, Herr General, aber die reden alle nicht so wie Sie", meinte Klein.

„Nein? Wie reden die denn?" fragte der General jetzt sehr interessiert.

„Na ja, also da hört man die ganze Zeit nur von unseren Erfolgen und den vielen Siegen. Und dann natürlich auch vom Endsieg."

„Ach", lachte der General bitter. "Der Endsieg, den hätte ich doch fast vergessen. Wenn Sie jetzt nicht dieses Wort gesagt hätten. Der gute alte Endsieg. Es kommt mir manchmal so vor als wenn unser liebes Vaterland nur noch dieses Wort kennen und benutzen würde. Also gut, es wird Zeit, daß wir fahren. Vielleicht können wir beide ja heute etwas zum Endsieg beitragen", er lachte wieder.

Klein wurde es auf einmal ganz mulmig.

„Und wohin soll es gehen, Herr General?"

Der General schaute jetzt direkt in das Gesicht des jungen Mannes auf dem Sitz neben ihm.

„Hat man Ihnen denn nichts gesagt, Soldat? Sind Sie einfach so hierhergekommen? Na ja, das sieht der Kommandantur wieder mal ähnlich."

Der grauhaarige Mann mit den vielen Orden auf seiner Uniform seufzte jetzt.

„Nein, ich wurde nur beordert, Sie vor diesem Gebäude abzuholen. Mir wurde nicht einmal gesagt, daß Sie es sein würden", sagte Klein.

„Ach so, verstehe. Dann wird es wohl mal wieder oberste Geheimhaltungsstufe gewesen sein. Na, wenn die das für so erforderlich halten, dann ist es wohl auch richtig so. Wir wollen ja jetzt nicht anfangen, Befehle anzuzweifeln, oder doch, Herr Unteroffizier?" lachte der General amüsiert.

„Nein, natürlich nicht", sagte der Unteroffizier entsetzt.

„Also, dann will ich Sie nicht länger auf die Folter spannen, was unser Fahrtziel betrifft. Wir fahren an die Front."

„Wohin?" fragte der Fahrer erschrocken.

„Direkt an die Front, mein Bester. Da wollten Sie doch schon immer mal hin. Dann wird Ihnen ja jetzt endlich dieser Wunsch gewährt."

„Ja, aber ich dachte wir sind schon irgendwie an der Front?"

„Nein, das hier ist doch noch nicht die Front. Ich meine die Front, wo die ganze Zeit geschossen wird. Aber keine Angst: natürlich nur von uns. Also los geht's. Sie kennen doch den Weg, oder?"

„Na, ich weiß nicht genau. Da vorne in diese Richtung irgendwo!" sagte Klein unsicher.

„Fahren Sie einfach den Reihen der jungen Männer in ihrem Alter hinterher. Die gehen alle an die Front."

Der Fahrer startete den Wagen und fuhr langsam los. Der General beobachtete ihn.

„Wieso schauen Sie denn plötzlich so, junger Mann? Habe ich irgendetwas Falsches gesagt? Sie sind plötzlich kreidebleich geworden. Liegt es vielleicht an unserem Fahrtziel?" wollte der General wissen.

„Na ja, ich frage mich nur, warum ein General an die Front muß. Das machen doch eigentlich nur die anderen. Ein General wird doch bestimmt nicht kämpfen müssen, oder etwa doch? Wollen Sie etwa kämpfen, Herr General?"

„Ach, Herr Unteroffizier, das hat wohl weniger damit zu tun, ob ich will als ob ich darf. Wissen Sie, es gibt hier in der Gegend meines Wissens nicht so viele Generäle. Also brauchen die ganz da oben wohl noch welche, die irgendwelche Befehle geben. Egal, wie unsinnig die auch sein mögen."

Der junge Mann schüttelte den Kopf.

„Was wundern Sie sich denn jetzt?" fragte der Offizier gutmütig.

„Na ja", druckste Klein. „Ich kann einfach nur nicht glauben, daß ein deutscher General unsinnige oder unnötige Befehle geben würde.

„Ach, glauben Sie mir, junger Mann, das gibts. Aber machen Sie sich mal keine Sorgen. Ihr Auftrag ist es lediglich, mich von einem Ort zum anderen zu bringen. Ich schätze, mit etwas Glück kann uns nicht allzuviel passieren."

Jetzt wurde es sehr laut, da sie eine Panzerkolonne überholten. Manche der Soldaten, die den General erblickten, salutierten sofort. Manchmal erwiderte er sogar den Gruß und schien dabei auf einmal sehr müde zu sein.

„Darf ich Sie etwas fragen, Herr General? Etwas, das ich schon immer einmal wissen wollte."

„Aber natürlich, wenn ich es beantworten kann. Nur zu. Soweit soll es wohl nicht kommen, daß selbst eine Frage nicht mehr erlaubt ist. Schießen Sie los!"
„Nun, ich wollte schon immer einmal wissen, was für ein Gefühl es ist, wenn alle, die man sieht, ich meine, alle Soldaten, einem sofort salutieren müssen?"
„Was für ein Gefühl das ist?" überlegte der General und schwieg eine Zeitlang.
„Na ja, wissen Sie", begann er: "Ich bin schon seit vielen Jahren General und natürlich noch viel länger Offizier, aber ich denke, ich habe mich einfach schon daran gewöhnt."

Der Unteroffizier schaute auf seine Stiefel, die voller Staub waren. Er hatte Durst. Es war sehr heiß, und er fühlte sich plötzlich sehr erschöpft. Er wünschte sich, er wäre jetzt woanders. Hatte er sich heute Morgen noch auf den Befehl gefreut, war dies jetzt ins Gegenteil umgeschlagen.
„Was haben Sie denn, Klein? Sie sehen ja aus, als wenn Sie von einer Tarantel gestochen worden wären? Was ist denn? Reden Sie doch!", meinte der General.
„Ist das ein Befehl?"
„Was soll das denn jetzt heißen? Muß ich Ihnen wirklich befehlen, nur damit Sie mit mir reden? Das wäre ja schrecklich. Sowas befehle ich nicht. Ich bitte Sie einfach darum. Es sei denn, es ist ein Geheimnis, und Sie wollen es mir nicht sagen."
Der General nahm seine Mütze ab und wischte sich mit einem Ärmel den Schweiß von der Stirn.
„Na, was ist denn, Klein? Wollen Sie nun, oder nicht? Ich werde nicht betteln."
Klein schaute dem Offizier direkt in die Augen.
„Ach, es ist nichts. Ich weiß nur nicht, was uns an der Front erwartet."
Der General lachte laut, und mittlerweile waren sie so langsam geworden, daß diverse Fahrzeugkolonnen an ihnen vorbeizogen, deren Fahrer ausnahmslos beim

Anblick des Generals salutierten, doch dieser war abgelenkt. Er lachte immer noch und wischte sich wieder den Schweiß von der Stirn.

„Wieso lachen Sie mich denn jetzt aus, Herr General? Was habe ich denn so Lustiges gesagt?"

„Nehmen Sie doch das Leben nicht so Ernst. Jedenfalls nicht hier. Nicht an diesem Ort. Das habe ich mir schon vor langer Zeit abgewöhnt. Das ist etwas für die Heimat, für den Frieden. Ich habe Sie auch nicht wirklich ausgelacht.

Der General schüttelte den Kopf und nahm ein silbernes Zigarettenetui aus der Brusttasche. Er öffnete es und hielt es dem Fahrer hin.

„Möchten Sie eine?"

„Nein danke, Herr General."

„Gut, also Nichtraucher."

„Doch, ich rauche, aber ich darf nicht, wenn ich Vorgesetzte fahre."

„Dann dürfen Sie jetzt. Also los."

Mit unsicheren Fingern nahm sich Klein eine.

„Vielen herzlichen Dank, Herr General und dann noch eine echte."

„Na, wenigstens eine Kleinigkeit, die das ganze erträglicher macht."

Die beiden rauchten einige Zeit schweigend nebeneinander. Unterbrochen nur noch durch den Lärm der Militärmaschinen.

„Herr General, darf ich Sie etwas fragen?"

„Was Sie wollen, Klein. Schießen Sie los!"

Der junge Mann wartete bis ein Panzer vorbeigerollt war.

„Haben Sie eigentlich Geheimnisse?"

Der General zog tief an seiner Zigarette, dann nickte er.

„Ja, auch ich habe Geheimnisse, wie wohl jeder. Wollen Sie eines hören?"

Ja, aber es ist doch ein Geheimnis."

„Ja, sogar mein größtes."

„Wenn Sie es mir wirklich sagen wollen. Ich werde es auf jeden Fall für mich behalten."

„Das glaube ich Ihnen. Vielleicht ist es auch egal, da wo wir jetzt hinfahren. Vielleicht behält es sich selbst", meinte der General auf einmal.

„Wie meinen Sie das? Ich verstehe es nicht?"

Der General lächelte leicht:

„Ich bin auch noch nie an der Front gewesen."

Ein Geist

„Wieder nichts im Fernsehen", dachte er resigniert. „Nicht mal Sport", und es kam ihm so vor als ob er den Krimi, der im Ersten lief, schon letzte Woche irgendwo gesehen hatte. Jetzt öffnete er eine neue Dose Bier. Er könnte ja ein Video sehen. Doch er verwarf den Gedanken gleich wieder.
„Ich kenne ja alle schon."
Es war morgens, kurz nach eins. Sollte er vielleicht doch noch zur 24-Stunden-Videothek fahren? Nein, das konnte er nicht. Hatte er doch schon zuviel getrunken. Er zählte die leeren Dosen, die auf dem Tisch und auf dem Boden neben ihm standen. „Sieben." Dann hatte er heute Abend ja noch nicht einmal soviel getrunken.

Musik – ja, aber welche sollte er hören? Das war genauso sinnlos. Nichts könnte ihn aufheitern. Doch auch ins Bett gehen wollte er nicht. Jedenfalls nicht jetzt schon.
Es war Freitag nacht und er würde sowieso noch nicht schlafen können.
Letzten Dezember, dachte er bei sich, wäre er wohl etwa um diese Zeit mit Ingrid nach Hause gekommen. Dann hätten sie sich eine schöne Nacht gemacht. Vielleicht wäre sie sogar übers Wochenende geblieben. Doch diese Zeiten waren vorbei. Ingrid war tot. Letzten Januar war sie tödlich verunglückt. Und dann noch durch Fahrerflucht. Ein gemeinsames Leben war für immer vorbei.
Sie war gerade auf dem Weg nach Hause gewesen. Wie schon so oft, so unzählige Male vorher, dachte er jetzt, daß sie heute immer noch am Leben sein könnte, wenn er nicht darauf bestanden hätte, daß sie ihn am Abend vorher besuchen sollte.

Ja, sie könnte heute immer noch am Leben sein. Mit einem Schlag fegte er jetzt alle Dosen vom Tisch und schaute dann in die Leere. Er hatte sie auch mit umgebracht. Nicht nur dieses Schwein mit seinem Auto. Es war dunkelblau – dunkelblau mit Münchener Kennzeichen. Davon gab es wohl Tausende in dieser Stadt. Der Mörder war einfach weitergefahren und hatte seine Freundin sterbend zurückgelassen.

Nie würde er den Moment vergessen, als seine zukünftige Schwiegermutter ihn aus dem Krankenhaus angerufen hatte. Doch als er dort ankam, war Ingrid schon tot. Aus und vorbei war es mit ihr gewesen. Und er war mit Schuld daran. Dieses Gefühl, diese unerträgliche Last, konnte ihm keiner nehmen. Weder seine Eltern noch seine Schwester. Niemand. Wieviele Tage und Nächte war er in München gewesen und hatte wahllos dunkelblaue Autos nach irgendwelchen Unfallschäden abgesucht. Nach irgendwelchen Spuren. Aber es war vergebens. Es war alles so sinnlos. Das mußte er schon bald einsehen. Dieser Mörder hatte seinen Wagen bestimmt sofort reparieren lassen. Sicherlich irgendwo außerhalb der Stadt. Hatte wohl irgendeine Geschichte erzählt. Vielleicht, daß er ein Stück Wild überfahren hatte. Fakt blieb, daß seine Freundin tot war und ihn alleine zurückließ. Eigentlich wollte er auch tot sein. Was sollte, was konnte das Leben denn schließlich ohne sie noch bringen?

Er brauchte jetzt jemanden zum Reden, aber seine Schwester wollte er nicht wieder belästigen und schon gar nicht um diese Uhrzeit. Sie sollte ja auch ihr Leben leben. Außerdem hatte sie Familie.

Er würde bald wieder Zigaretten brauchen, die Packung war schon fast leer.

Er stand auf, ging zur Tür und zog sie leise hinter sich ins Schloß. Der Fahrstuhl war wie immer kaputt. So mußte er eben wieder einmal die Treppen nehmen. Sieben Etagen. Das Haus war völlig still.

Während er hinunterlief, dachte er darüber nach, wieviel Monatsmieten er schon schuldig war. „Zuviele", beantwortete er seine Frage. Vor einem halben Jahr hatte er seine Vollzeitarbeit halbieren müssen. Nach zwanzig Jahren konnte er auf einmal dem Druck nicht länger standhalten. Es ging einfach nicht mehr.

Allmählich begannen die Schulden ihn zu erdrücken. Seine Rechnungen warf er seit kurzem einfach ungeöffnet in den Müll. Er hatte sowieso nicht das Geld, sie zu begleichen.

Er schloß die Haustür hinter sich. Ein eisiger Wind fegte durch die Straßen. Er schaute in den Himmel. Es sah nach Schnee aus. Das würde noch fehlen. Wo sollte er hingehen? Den Autoschlüssel hatte er oben in der Wohnung gelassen. Das war auch besser so, sonst wäre er wohl doch noch gefahren. Vorne an der Ecke brannte noch Licht.

„Soll ich vielleicht in dieses Bumslokal gehen?" er blieb einen Moment stehen und überlegte. Seine Stammkneipe gegenüber war schon dunkel. Die Bar war gut gefüllt, trotz der saftigen Preise. An den verwunderten Blicken der Leute erkannte er, wie sehr er wohl in seiner Trainingshose und der Pyjamajacke auffallen mußte. Ganz besonders um diese Uhrzeit. Aber das war ihm egal. Es war ihm schon so lange alles egal.

Er pflegte sich auch nicht mehr. Für wen denn auch? Eine zweite Frau würde es in seinem Leben sowieso nicht mehr geben. Sein Bart war struppig. Die Finger gelb von Nikotin. Ja, es ging bergab. Das merkte er. Nach einigem Suchen fand er noch einen leeren Tisch, denn am Thresen wollte er nicht sitzen. Soviel Nähe konnte er jetzt nicht ertragen. In seinen Augen saßen an der Bar ohnehin nur Verlierer.

Endlich kam die Bedienung. Es war eine kleine dicke Frau um die Fünfzig. Sie fragte ihn, was er wolle. Es klang nicht sehr freundlich.

„Ein Pils", sagte er.

„Welches?" fragte die Frau.

„Irgendeines. Hauptsache kalt", bekam sie zur Antwort.

Das Bier tat ihm gut. Das sollte man auch erwarten können, schließlich kostete ein Pils Vier Euro.

Er seufzte. Dann zündete er sich eine Zigarette an und begann damit, die Menschen zu beobachten. Die meisten Gäste waren Paare. Nur ein paar einzelne Männer und Frauen. Viele waren teuer gekleidet, so schien es zumindest, und das rechtfertigte wohl auch die teuren Preise, dachte er bei sich. Und wieder kam diese Welle der Einsamkeit. Jetzt war auch Musik zu hören. Irgendwelche Schnulzen.

Er leerte sein Glas und winkte der Bedienung. Als sie nach einiger Zeit kam, bestellte er sich ein weiteres Pils und ein Päckchen Zigaretten.

Plötzlich wurde die Tür zum Lokal aufgestoßen, und eine Frau, die einen langen Mantel trug, betrat den Raum.

Hätte er es nicht so viel besser gewußt, hätte er jetzt geglaubt, es wäre Ingrid, und er hätte hier auf sie gewartet. Aber das würde nie wieder passieren. Die Frau blieb beim Eingang stehen und drehte sich nun in seine Richtung. Er konnte es nicht glauben. Sie sah tatsächlich aus wie Ingrid. Jetzt kam sie näher. Einige Meter weiter setzte sich die Frau an einen Tisch. Sie war genau in seiner Blickrichtung.

Er wollte sich nicht erwischen lassen, aber er schaute sie dennoch unablässig an.

Er war fassungslos: Sie war wie Ingrid. Sie hatte sogar fast den selben Gang und auch die Art, wie sie sich jetzt durch die Haare fuhr, war so, wie sie es immer getan hatte. „Aber die Haare stimmen irgendwie nicht", dachte er.

Ingrids waren länger und etwas dunkler gewesen.

„Was soll das? Was ist los mit mir? Diese Frau ist nicht Ingrid. Ingrid ist tot. Seit letztem Januar", ermahnte er sich selbst. Seine Bestellung kam jetzt.

Die Frau bestellte ebenfalls etwas. Kurze Zeit später stellte ihr die Dicke ein Glas hin. Es sah aus wie Mineralwasser.

War das etwa nur ein Zufall? Ingrid hatte auch immer Mineralwasser getrunken, wenn sie zusammen fort waren, damit sie notfalls fahren konnte.

Die Frau hatte ihren Kopf leicht weggedreht. Das abgedunkelte Licht ließ ihr Gesicht seltsam verschwommen erscheinen. Dachte er deshalb es wäre Ingrid?

Wenn er bloß den Mut hätte, dann würde er jetzt einfach zu ihr rübergehen. Doch was könnte er dann zu ihr sagen?

„Sie sehen aus, wie meine tote Freundin. Sind Sie meine tote Freundin?"

Er nahm einen Schluck und eine neue Zigarette und merkte, daß er wahrscheinlich doch viel betrunkener war, als er es vorher angenommen hatte.

Sein Blick fiel aus dem Fenster, die Straße war leer. Jetzt fing es auch noch an zu schneien. Eine große dunkle Limousine parkte in einer Lücke vor seinem Fenster. Ein großer schlanker Mann stieg aus und kam auf die Bar zugelaufen. Er schaute zur Tür. Sie öffnete sich jetzt, und der junge Mann, den er beobachtet hatte, trat ein. Auch er schaute sich um. Als er die Frau erblickt hatte rief er:

„Doris." Sie lächelte und winkte ihm zu.

„Na also, ich habe doch gewußt, daß ich mich getäuscht habe. Natürlich. Es hätte ja niemals anders möglich sein können."

Sie hieß Doris, stellte er fast befriedigt fest. Er schaute wieder aus dem Fenster. Der Schnee blieb liegen. Es herrschte keinerlei Verkehr.

Er nahm seine Brieftasche heraus und zählte den Inhalt. Es war nicht viel. Das wußte er, aber er wollte wenigstens wissen, wieviel.

„Hauptsache, daß es noch für heute Nacht reichen würde. Morgen ist ein neuer Tag", dachte er sich.

„Morgen geht es irgendwie weiter."

Wahrscheinlich mußte er am Montag einen weiteren Vorschuß erbetteln, wenn das überhaupt noch möglich war.

„Siebenunddreißig Euro und einige Cent. Gut, das reicht für drei weitere Bier und noch eine Schachtel Zigaretten. Nein, halt! Für eine weitere hatte er nicht das Geld. Aber vielleicht ... doch, Gott sei Dank, es reichte." Er mußte lachen. Nicht mal rechnen konnte er mehr richtig. Wofür auch? Um sich auszurechnen, wie Bier und Zigaretten zu Buche schlagen?

Essen tat er kaum noch. Auch seine Hosen paßten nur noch mit Gürtel, soviel hatte er in den letzten Monaten abgenommen.

„Ingrid!"

„Was war das? Jemand hatte „Ingrid" gerufen." So betrunken konnte er gar nicht sein. Ja, es war die Bedienung. Sie lief an den Tischen entlang und fragte die Frauen in dem Lokal, ob jemand von ihnen Ingrid hieße und fügte das Wort "Telefon" hinzu.

Sie kam auch an den Tisch von dieser Doris und dem Mann.

„Heißen Sie vielleicht Ingrid?"

Doris schaute den Mann an und sagte dann zur Bedienung:

„Ja, ich heiße Ingrid." Dann stand sie auf.

Er traute seinen Ohren nicht. Wieso hieß sie jetzt auf einmal Ingrid? Er schaute ihr nach, wie sie der Bedienung folgte. Ja, es mußte Ingrid sein. Ingrid, mit der er vier Jahre lang zusammen war. Aber wie konnte das sein?

Er leerte sein Glas und dachte nach. Hatte sie am Ende überlebt? Aber wie hatte sie denn überleben können? War es ein Komplott? Aber was würde sie dadurch erreichen?

„Nein, es war einfach unmöglich", sagte er sich. Sie konnte nicht am Leben sein. Er war betrunken. Er vertrug eben nichts mehr. Eigentlich hatte er noch nie etwas vertragen. Aber ihr Aussehen, und dann dieser Name. Dieser zweite Name. Warum hatte sie sich gemeldet, als dieser Name ausgerufen wurde? Es machte einfach keinen Sinn. Warum aber hatte der Mann sie Doris genannt? Er merkte jetzt, daß er zitterte. Die Frau kam wieder zurück. Diese Doris oder Ingrid oder wie immer sie auch hieß. Er wollte sie nicht anschauen, aber irgendeine innere Stimme trieb ihn dazu. Sie kam von hinten zu dem Mann am Tisch gelaufen, der sie eben noch mit Doris begrüßt hatte, umarmte ihn liebevoll und beugte sich vor. Dann gab sie ihm einen langen Kuß.

Kurt beobachtete sie wie ein Besessener. Es war ihm völlig gleichgültig. Und langsam kam dieses Gefühl in ihm auf, sie wäre doch noch am Leben.

Ja, Ingrid hatte überlebt. Aber wen hatte ihre Mutter dann im Krankenhaus besucht? Wer war gestorben? Das wurde alles zuviel. Es war alles zuviel. Er mußte etwas tun. Doch was? Er überlegte verzweifelt, während er noch ein weiteres Pils bestellte. Oh mein Gott. Jetzt sah sie ihm direkt ins Gesicht. War sie es? Er meinte plötzlich ein Erstaunen in ihrem Blick zu erkennen. Doch bevor er es sich endgültig bestätigen konnte, schaute sie wieder ausdruckslos weg. War sie es? War sie es nicht?

Sie nahm ihre Handtasche auf den Schoß, öffnete sie und suchte kurz darin herum.

Fast hätte er laut geschrien als sie ein Päckchen Benson & Hedges aus der Tasche zog. Das war der Beweis. Der endgültige Beweis. Das war die Marke, die Ingrid immer rauchte. Also gut, überlegte er. Hier saß also seine tote Freundin mit einem anderen Mann im selben Raum wie er. Sie lebte also. Warum nur hatte sie das getan? Es hatte doch alles zwischen ihnen gestimmt. Alles. Hatte es damals schon diesen anderen gegeben? Aber warum hatte sie es ihm dann nicht gesagt? Hatte sie seine Reaktion etwa so sehr gefürchtet? Sie hätte ihn doch besser kennen müssen. Doch die fast noch schlimmere Frage war, warum hatte sich jeder in ihrer Familie so perfekt mit ihr gegen ihn verschworen? Er dachte an alles mögliche, aber es fiel ihm kein Grund ein. Nichts! Was sollte er bloß tun? Kurt trank das Bier in einem Zug leer.

Plötzlich wußte er, was er zu tun hatte: Er würde nach Hause gehen und seine Pistole holen. Die Waffe, die ihm sein Vater kurz vor seinem Tod gegeben hatte. Ja, er würde beide einfach erschießen. Warum nicht? Spätestens seit einer halben Stunde wußte er, daß sich sowieso alles und jeder gegen ihn verschworen hatte. Ja, er würde die beiden erschießen und dann am Ende wohl sich selbst. Doch bevor er es tun würde, mußte er sich endgültig vergewissern, daß sie es auch war. Obwohl er das eigentlich jetzt schon wußte. Ja, sie war es. Und er merkte, wie es ihm übel wurde. Er stand auf. Es war ihm schwindlig. Er schwankte angestrengt zu dem Tisch der beiden, nur wenige Meter von ihm entfernt. Vor den beiden blieb er einen Moment stehen und schaute der Frau direkt ins Gesicht. Sie schaute ihn auch an und sah dann auf ihren Begleiter. Der wiederum schaute fragend auf Kurt, der sich nun vor ihrem Tisch aufgebaut hatte. Kurt starrte immer noch auf die Frau, dann lief er weiter. Er hatte jetzt die Gewissheit, die er brauchte. Es bestärkte ihn noch

etwas mehr als er hörte, wie der Mann am Tisch zu Ingrid sagte:
„Ach, bloß ein Betrunkener, Liebling. Gut, daß er jetzt geht."

Er zahlte am Tresen und stolperte auf die Straße in den Schnee. Dort rutschte er einige Meter weiter aus. Er merkte jetzt erst, daß er noch seine Hausschuhe anhatte. Er stand auf und lief weiter. Der eiskalte Schnee an seinen Füßen störte ihn nicht. Nichts störte ihn jetzt mehr. Er mußte nur ein für alle mal dieses Problem aus der Welt schaffen, und er merkte, daß der Schmerz über das heute nacht Geschehene schlimmer war als das Gefühl, als er damals in dieser anderen Januarnacht glaubte erfahren zu haben, seine Freundin wäre tödlich verunglückt. Ja, das müßten sie ihm bezahlen. Und zwar gleich.
Jetzt hatte er sein Haus erreicht. Er mußte sich beeilen. Jeden Moment konnten sie wieder das Lokal verlassen. Das durfte nicht passieren. Sie durften nicht gehen. Viel zu groß die Gefahr, daß er sie nie wieder sehen würde. Er fing an, die einzelnen Treppen nach oben zu rennen. Er hatte sich nicht mal die Zeit genommen, im Hausflur Licht zu machen. Er brauchte es auch nicht. Wenig später hatte er seine Wohnung erreicht. Er ließ die Wohnungstür gleich offen, dann hastete er ins Schlafzimmer und nahm die Waffe aus dem alten Kleiderschrank. Dort lag sie geölt und unangetastet seit über zehn Jahren. Er überprüfte die Funktion. Ja, sie ging.
Nun lud er sie. Er füllte das ganze Magazin. Dann steckte er die Pistole in seinen Hosenbund und ging wieder, ohne Licht im Hausflur zu machen. Der Weg zurück zum Lokal kam ihm diesmal viel länger vor. Unerträglich lang. Während er den glitschigen Weg entlangrutschte, dachte er fieberhaft nach. Kurz zweifelte er daran, ob er es wirklich tun sollte. Aber nein, niemand würde ihn stoppen. Jetzt nicht mehr.

Nun hatte er fast das Lokal erreicht. Der Wagen stand immer noch da.

Er blieb kurz vor der Tür stehen. Die Tür ging auf. Einige Leute kamen heraus. Sie sahen vielleicht seinen Gesichtsausdruck, denn die, die ihn anschauten, wandten sich sofort wieder erschrocken von ihm ab.

„Sei's drum", sagte er sich und öffete die Tür. Die Bedienung schaute vom Tresen auf.

„Wir haben schon geschlossen."

Er achtete nicht auf ihre Reden und lief einfach weiter. Sie kam hinter ihm hergerannt.

„Hören Sie! Haben Sie nicht verstanden? Ich habe gesagt, wir haben schon geschlossen."

Jetzt hatte er den Tisch erreicht. Die beiden waren im Gespräch vertieft und hatten sein Kommen wohl nicht bemerkt.

„So, Ingrid", sagte er mit brechender Stimme: „Jetzt haben wir uns nach so langer Zeit wiedergesehen. Wie hast du bloß überlebt?"

Er zog die Pistole. Die Bedienung schrie auf. Er richtete die Waffe direkt auf Ingrid:

„Seit wann hast du zwei Namen, Ingrid? Ich wußte gar nicht, daß du auch Doris heißt. Wann hast du dir wohl diesen Namen zugelegt? Laß mich raten! War es letzten Januar? Oder schon viel früher?"

„Wieso, ich heiße Doris", sagte die Frau leise.

„Ja, und was ist mit Ingrid?"

„Ich habe einen Doppelnamen. Doris-Ingrid."

„Ach ja. Wieso hast du mir das in vier Jahren nicht einmal gesagt?" Kurt schaute sie böse an.

„Es muß sich um ein schreckliches Mißverständnis handeln", sagte jetzt der Mann , der auf einmal kreidebleich war. Kurt begann ihm zu glauben, und es kam ihm ein schrecklicher Verdacht. Hatte er sich getäuscht? So sehr getäuscht?

Er schaute Ingrid ins Gesicht. Jetzt zweifelte er wieder. War sie es doch nicht? Er wußte einfach nicht mehr,

was er eigentlich glauben sollte. Was für eine
Täuschung. Er senkte die Waffe, während er nochmal
die Frau anschaute, die aussah wie Ingrid. Seine Ingrid.
„Entschuldigung", stammelte er. "Entschuldigung."
Dann ging er langsam an der Bedienung und den
anderen schweigenden Gästen vorbei. An der Tür blieb
er noch einmal stehen und drehte sich etwas um. Ein
letztes mal sah er zu dem Tisch der beiden. Der Mann
und die Bedienung starrten ihn an. Die Frau, die Doris-
Ingrid hieß, sah auf den Boden. Dann verließ er das
Lokal.
„Wer war das?" fragte die Bedienung leise.
„Ein Geist", antwortete Doris-Ingrid, die letzten Januar
nur Ingrid hieß. Dann hörte man einen Schuß.

Dieses Buch enthält eine eine Sammlung von
Kurzgeschichten. Es ist für jeden Leser etwas dabei:
Nachdenkliches wie Amüsantes aber auch
Besinnliches.
Wer sich eine kurzweilige Reise wünscht, sollte dieses
„Handgepäck" unbedingt mit dabei haben.